Délicieuses pourritures

Joyce Carol Oates

Délicieuses pourritures

Traduit de l'américain
par Claude Seban

J'AI LU

Titre original :
BEASTS
Publié par Carroll & Graf Publishers, New York, 2002

Je vous aime, pourries,
Délicieuses pourritures.

... merveilleuses sont les sensations
infernales,
Orphique, délicat
Dionysos d'en bas.

D. H. LAWRENCE, « Nèfles et sorbes »
dans *Oiseaux, bêtes et fleurs.*

1. Paris

11 février 2001

Dans l'aile du Louvre consacrée à l'Océanie, je le vis : le totem.

Haut de plus de trois mètres, une sculpture en bois, primitive, anguleuse, apparemment féminine, le visage long et brutal, les yeux vides, une balafre en guise de bouche. Les seins étaient exagérés, pareils à des mamelles animales, deux lames de bois de trente centimètres partant des épaules ; contre ces seins, la créature pressait ce qui semblait un nourrisson. Mais un nourrisson qui n'était qu'une tête, d'une grosseur et d'une rondeur grotesques ; un nourrisson sans corps. Le cartel indiquait simplement qu'il s'agissait d'une « Figure maternelle » aborigène de Colombie-Britannique, vieille d'au moins deux cents ans.

Là. Il est là.

Il n'a pas brûlé, en fin de compte…

J'étais désorientée, incapable de penser de façon cohérente. Dans la pièce froide et austère où il était exposé, il émanait de ce totem aborigène quelque chose de si brut, de si primitif qu'il semblait à peine humain. Je le contemplais, et frissonnais. Je me détournais, décidée à m'en aller, et me retrouvais de nouveau devant lui, de nouveau en train de le contempler. Comme si la mère allaitante m'avait appelée… *Gillian ? N'aie pas peur. Nous sommes des bêtes, c'est notre consolation.* Car c'était là une vision de cauchemar. Une obscénité. J'imaginais que devant un tel objet un homme devait sentir le désir sexuel s'étioler et se faner en lui : le mâle ardent, avide, réduit ici à une tête hideuse, pressé si étroitement contre la mère qu'il ne peut qu'étouffer. Une femme devait sentir toute douceur en elle, la tendresse qui nous fait humains, s'évaporer.

Nous sommes des bêtes, nous n'éprouvons aucun sentiment de culpabilité.

Jamais de culpabilité.

« Madame ? Excusez-moi, mais... vous vous sentez bien ? »

Une voix américaine rassurante. Un monsieur prospère d'âge moyen, peut-être originaire du Middle West, qui, avec sa femme inquiète, m'avait observée.

Je dis très vite, avec mon éclatant sourire américain au néon : « Merci, vous êtes très aimables. Je vais bien. » Prise d'un vertige, j'avais peut-être vacillé sur mes jambes. Mais à présent j'allais bien. Et je n'avais pas envie que l'on me parle, je n'avais pas envie que l'on me touche. Comme le couple continuait à me dévisager, je répétai : « Merci ! » et m'éloignai d'un pas décidé.

Je quittai le Louvre, bouleversée. Aveugle à ce qui m'entourait, je marchai le long de la Seine. Ce totem ! Si laid, et cependant si fort. Et les yeux.

Je pensais à la disparition de deux personnes que j'avais aimées, bien des années auparavant. Elles avaient eu une mort horrible, qui avait été considérée comme accidentelle.

Le ciel de Paris était opaque, la Seine couleur de plomb. Au loin, les tours romantiques de Notre-Dame disparaissaient presque dans la brume, ou le smog. J'étais si agitée que je remarquais à peine les étalages envahissants des bouquinistes qui dérobaient à la vue le fleuve légendaire.

J'avais quarante-quatre ans. Un quart de siècle avait passé.

Ceci n'est pas une confession. Comme vous le verrez, je n'ai rien à confesser.

2. L'alerte

20 janvier 1976

Dans la nuit, le hurlement des sirènes.

Dans la nuit, la terrible beauté du feu.

Une nuit au cœur de l'hiver. Par un froid glacial. Dans les monts Berkshire au sud-ouest du Massachusetts. Des gerbes de flammes dans le ciel, montant de l'allée de gravier en cul-de-sac, densément boisée, qui longeait l'université.

Une alarme assourdissante retentissait dans notre résidence. J'avais l'impression de sentir l'odeur de la fumée, mon cœur battait à grands coups affolés.

J'eus tout de même le temps de penser : *Cela ne peut pas être en train d'arriver.*

Car jamais cela n'eut de réalité à mes yeux. Jamais cela ne me semblerait autre chose qu'un rêve confus.

Je sortis du bâtiment avec les autres. Nous étions ahuries, un troupeau en proie à la panique. Il était 3 h 50 du matin. Il faisait moins vingt-cinq. Un vent glacé nous soufflait de la fumée au visage. Le froid me donnait mal à la tête. Où étaient mes cheveux ? Qu'était-il arrivé à mes cheveux ? Je touchai mon crâne, mes cheveux ras, et me souvins.

Mes cheveux aussi brûlaient. Mes cheveux nattés, si beaux.

Nous vîmes : l'incendie était ailleurs. Pas à Heath Cottage. Le signal d'alarme avait été tiré par erreur dans notre résidence. Nous aurions dû nous sentir soulagées, l'incendie était à près d'un kilomètre.

Où cela ? Une des maisons d'enseignants de Brierly Lane ?

Certaines d'entre nous pleuraient. Nous étions comme des enfants effrayées, nos mains glacées s'étreignaient. Et pourtant il y avait une certaine allégresse dans l'air. Un incendie ? Oh ! où ça ? À la hâte nous avions enfilé manteaux et vestes, fourré nos pieds nus dans des bottes. La panique nous rendait un peu niaises. Il faisait si froid que des larmes coulaient sur nos joues et gelaient instantanément.

La belle et solide Dominique m'empoigna et lécha mes larmes de givre de sa langue douce et chaude.

Des vigiles nous disaient de rentrer dans la résidence ; nous ne courions aucun danger, l'incendie avait éclaté à l'extérieur du campus. Des pompiers volontaires de Catamount se trouvaient déjà sur les lieux. Une deuxième voiture, transportant des professionnels, arriverait de Great Barrington quelques minutes plus tard.

L'incendie sévirait néanmoins avec une fureur destructrice pendant plus d'une heure.

Quand le feu avait été signalé par un voisin de Brierly Lane, il brûlait déjà avec violence. Le temps que les pompiers noient la maison sous des torrents d'eau, une grande partie du toit s'était écroulée.

Dans Brierly Lane, il y avait surtout de vieilles fermes de Nouvelle-Angleterre et des maisons de style xviiie, en bois et en stuc. Coiffées de toits de bardeaux pentus. Construites en retrait de la route de gravier, dans d'épais bouquets de bouleaux et de genévriers. Les allées étaient étroites, ce qui ne facilitait pas l'accès des voitures de pompiers.

Je détestais que les vigiles nous crient après comme si nous étions des enfants indisciplinées. Nous n'étions pas des enfants, nous n'avions pas à obéir. Certaines d'entre nous avaient envie de leur fausser compagnie et de traverser le campus pour aller à Brierly Lane. Histoire de voir par nous-mêmes ce qui se passait.

Quelle maison brûlait.

Des particules de suie volaient dans les airs. Se collaient à nos cils comme des larmes de goudron.

Quelqu'un, peut-être Cassie, me serra la main si fort que je grimaçai de douleur. Quoique ce fût une douleur joyeuse, grisante, chargée d'adrénaline.

Quelle est la maison qui brûle ?

Est-ce… ?

On nous faisait rentrer dans Heath Cottage. Brusquement, j'étais très fatiguée, j'avais envie de m'allonger sur les marches et de dormir. Je ne souhaitais plus qu'une chose : être en sécurité dans la résidence, dans la chaleur et la lumière. Mes genoux tremblaient. Je trébuchai dans l'escalier qui semblait terriblement abrupt tout à coup, et une amie me rattrapa. J'étais une fille si menue, je pesais à peine quarante kilos. Mais ne vous fiez pas aux apparences.

Ou peut-être : je n'avais pas été réveillée par la sirène. Je n'avais pas été réveillée par l'alarme d'incendie. Ni par les cris des autres filles. En fait, je ne dormais pas encore, j'étais étendue à demi dévêtue sur mon petit lit rudimentaire de Catamount College, cadre métallique, matelas bosselé et pas de dossier, en train d'écrire dans mon journal intime comme on me l'avait ordonné.

Frappez au point le plus faible. Cherchez la jugulaire.

3. Mon journal (secret)

26 septembre 1975

« Dor-cas. »

Je me murmurais le nom à moi-même.

Je suivais cette femme dans un paysage vallonné et boisé, sur un sentier tapissé d'aiguilles sèches menant au village de Catamount, Massachusetts. Il y avait trois ans que j'étais étudiante à Catamount College. La femme se faisait appeler, avec une arrogante simplicité, « Dorcas ». Elle ne se doutait pas que quelqu'un la suivait. Elle n'avait aucune idée de mon existence. Elle était la femme d'un homme que je croyais aimer. *Aimer plus que la vie même*, aurais-je pu dire.

La conviction, ou peut-être la sensation, à laquelle je donnais le nom d'*amour*, courait dans mes veines comme un feu liquide.

Dorcas ! La femme d'Andre Harrow. Ne soupçonnant pas qu'elle était suivie, observée avec fascination. Elle aurait été si étonnée, si contrariée. Amusée ?

Ce n'était pas la première fois que je suivais Dorcas. C'était peut-être la cinquième ou sixième fois, car ma passion pour Andre Harrow était née le printemps précédent, pendant ma deuxième année d'université. J'avais toutefois le pressentiment que ce jour-là, cet après-midi-là seraient différents. Que je risquais de commettre une erreur et de la regretter. Ou que peut-être : ce ne serait pas une erreur.

Rappelle-toi ton excitation. Tension/plaisir presque insoutenable. À suivre une autre personne en secret. Je veux noter cela ici dans mon journal. Même si ce n'est que pour moi-même.

Dorcas portait des paquets. J'en conclus qu'elle se rendait au bureau de poste « historique » de Catamount. Elle avait décidé de faire le trajet à pied de sa maison de Brierly Lane au lieu de prendre sa voiture. C'était une si belle journée d'automne, froide et étincelante.

Imprégnée du parfum des genévriers. Leurs aiguilles sur le chemin.

Je n'avais rien préparé. Je n'avais pas l'intention de suivre la femme d'Andre Harrow. Pourtant, dès que j'étais sortie de la chapelle et que je l'avais vue, de l'autre côté du campus herbeux, j'avais su que je n'avais pas le choix. *Là ! Là voilà*. Chaque fois, cela se passait de la même façon. Cinq ou six fois et chaque fois la première. Je voyais les cheveux brun-roux et, reconnaissable entre tous, le déplacement indolent et voluptueux d'un corps de femme mûre parmi les étudiantes de Catamount, plus sveltes, plus rapides. Dorcas, majestueuse, distante, se mouvant à son rythme, indifférente aux autres.

Bien peu étaient indifférentes à sa présence, en revanche. On ne pouvait pas ne pas remarquer Dorcas. Surtout pas les filles qui la reconnaissaient, et qui savaient à qui elle était mariée.

Regardez ! Dorcas.
La sculptrice ! C'est elle ?
La femme d'Andre Harrow ?

Lorsque l'on aime un homme marié, on existe dans une relation non déclarée, secrète et singulière, avec son épouse.

J'avais vingt ans lorsque cela commença. Je croyais que personne ne savait, que personne ne devinait. Je ne voulais pas me déclarer ; je n'osais pas. Dans la chapelle, un endroit austère et chaste – murs blancs, autel minimal drapé d'un tissu blanc aux allures de nappe, et pas d'iconographie religieuse rappelant que Catamount College avait été un jour, avant les révolutionnaires années 60, une université de femmes fondée par des presbytériens –, je me disais avec sévérité que j'éprouvais pour Andre Harrow une passion sans espoir ; pis que cela, une passion dégradante. Qu'en aurait pensé ma mère ? Mon père distant et vieillissant ? Je me disais : *Ça suffit !* Dans la chapelle, je ne priais jamais (car je ne croyais pas en Dieu… si ?) mais je prenais la position, et l'attitude, de la prière. Je me cachais le visage dans les mains, je fermais étroitement les yeux. Je veux être bonne. *Je veux être raisonnable, sensée.* Je décidais de ne plus faire de fixation sur Andre Harrow et de ne plus me laisser distraire par la pensée de son épouse.

(On peut s'étonner que je fusse à ce point inexpérimentée, ou sous-alimentée sur le plan affectif, en même temps qu'immature sur le plan sexuel, à l'âge de vingt ans, en 1975. Née en 1955, j'étais parvenue à la conscience dans les années 60, l'époque la plus « libérée » et la plus « amorale « de toute l'histoire des États-Unis.)

Ensuite : je sortais de la chapelle, clignais les yeux dans le soleil et apercevais immédiatement cette femme – Dorcas ! – de l'autre côté du campus. Aussitôt, mes résolutions s'évanouissaient. Je les oubliais entièrement. Je me hâtais de suivre Dorcas comme si elle m'avait appelée. Quel choix avais-je ?

J'étais attirée dans le sillage de cette femme comme un bout de papier voletant dans celui d'un véhicule lancé à toute vitesse.

Je traversais rapidement un coin du campus, sans quitter Dorcas des yeux. Si par hasard elle se retournait, ce que, étant Dorcas, il était peu probable qu'elle fît, je pouvais être certaine qu'elle ne me remarquerait pas.

Ces petites aventures n'étaient pas préméditées, comme vous pouvez le voir. Elles n'étaient pas voulues. Je n'étais pas un prédateur à la recherche d'une proie, j'étais moi-même la proie. La victime innocente.

Sur le trottoir, à une dizaine de mètres de Dorcas, je veillai à me dissimuler le plus longtemps possible derrière des groupes de filles allant à peu près dans la même direction. La cloche de la chapelle sonnait 3 heures. J'avais eu l'intention de me rendre à la bibliothèque mais, suivant toujours Dorcas, je dépassai sa façade de verre miroitante, puis le bâtiment administratif. J'entendis quelqu'un crier : « Gillian ? Tu vas par là ? »... une fille du nom de Sybil, inscrite comme moi au cours sur la Renaissance. Aussitôt je souris et secouai la tête, non, non je n'allais pas par là. Pas tout de suite.

Zut, j'avais failli perdre Dorcas ! Des filles rassemblées devant le bâtiment des Sciences de la vie, en train de fumer. Me bouchant la vue.

C'était une petite université : moins de trois mille étudiantes. Parfois, pourtant, on avait l'impression de s'y bousculer, on voyait souvent les mêmes têtes. On suivait les mêmes itinéraires. Je n'avais pas envie d'être aperçue par quelqu'un qui me connaissait. Je craignais que, si une de mes amies remarquait Dorcas, puis moi, elle ne comprenne très précisément ce que je faisais.

J'avais pris en biais derrière le bâtiment des Sciences de la vie. Trotté à travers un parking. Le terrain était vallonné par là, il descendait vers Catamount Creek. Je retrouvai Dorcas sur un chemin en pente comme un chien retrouve une piste. J'avais compris à ce moment-là qu'elle se rendait au village. Je ne la perdrais plus.

Tu devrais avoir honte. C'est honteux !

Oui, c'était honteux. Et tellement plus encore.

Dorcas était une artiste, une sculptrice. On admirait son travail ou on le détestait. On l'admirait ou on la détestait. C'était aussi simple que cela, et pourtant ce n'était pas simple du tout.

NOUS SOMMES DES BÊTES ET C'EST NOTRE CONSOLATION

Ces mots provocateurs, Dorcas les avait hardiment apposés sur un mur du musée d'art de l'université pour accompagner son exposition *Totem et Tabou* du printemps 1975.

Dorcas était « Dorcas »... sans nom de famille. Tout le monde savait qu'elle était la femme d'Andre Harrow, naturellement, mais il ne serait venu à l'idée de personne de l'appeler « Mme Harrow ».

Le titre de « Mme » était ridicule, appliqué à Dorcas. On ne pouvait l'imaginer appartenant à un homme.

Il y avait un mystère ou un secret – ou la rumeur d'un mystère ou d'un secret – concernant les enfants, ou l'enfant, de Dorcas. On semblait savoir, mais vaguement, que Dorcas était « mère », que Dorcas avait eu des enfants, ou un enfant. Pas avec Andre Harrow ? À une époque précédant son installation à Catamount ?

Andre Harrow et elle étaient arrivés à Catamount College au milieu des années 60. M. Harrow était professeur titulaire, Dorcas ne faisait pas partie du corps enseignant et passait pour mépriser la vie universitaire.

Tout comme elle méprisait la vie bourgeoise conventionnelle.

Ses sculptures ! Elles étaient en bois, plus grandes que nature, primitives et spectaculaires. Elles étaient brutes, grossières, laides. La plupart représentaient des femmes à la sexualité agressive, seins et ventres protubérants, parties génitales exagérées. Fesses rondes, fendues d'un sillon profond. Les têtes étaient généralement petites, les visages réduits au minimum. Comme d'autres, je fus perturbée, et excitée, par ces œuvres. Je me rappelle que, la première fois où je les vis, je restai littéralement bouche bée. Je ne m'aviserais que bien des années plus tard que les totems primitifs de Dorcas et le concept esthétique sous-tendant leur réalisation n'avaient rien d'original en 1975. (Cela étant, dans le chaos de l'art contemporain, qu'est-ce qui est original ?) On disait de Dorcas qu'elle sciait, ponçait, ciselait et taillait ses totems dans des morceaux de bois brut, qu'elle travaillait à la main, les doigts lacérés par les échardes, les ongles cassés. On disait que Dorcas avait peu d'amis à Catamount, même parmi les artistes, mais qu'elle acceptait de temps à autre une « stagiaire » pour l'aider dans son atelier, parfois même pour poser. Andre Harrow et elle se liaient parfois d'amitié avec des filles de Catamount… des filles « sortant de l'ordinaire ».

J'étais jalouse, je ne le nie pas. Je pensais connaître deux ou trois de ces filles. Je n'en étais pas certaine. Il flottait sur le sujet une atmosphère de mystère. On disait que, si une fille donnait l'impression d'être intime avec M. Harrow ou prononçait le nom de Dorcas avec désinvolture, cela signifiait exactement l'inverse.

Une autre déclaration apposée par Dorcas sur l'un des murs du musée disait :

NE VOUS FIEZ PAS AUX APPARENCES
NI À CE QU'IL Y A DERRIÈRE

Et, donc, soit l'on admirait Dorcas, soit on la haïssait. Des anciennes étudiantes de Catamount, furieuses, protestèrent contre *Totem et Tabou* comme si les sculptures les menaçaient personnellement. Il y eut une campagne épistolaire – des lettres furieuses parurent pendant des semaines dans le journal de l'université – dénonçant « la prétendue "artiste" Dorcas » et ses œuvres qui étaient « dégoûtantes », « dépravées », « un outrage à la beauté », « un outrage à la décence », « une tache sur la réputation de Catamount College ». Une ancienne étudiante, de la promotion de 1949, demanda : « Qui est une bête ?… Qui ose nous traiter de bêtes ? » Une autre, de la promotion de 1939, proclama : « Nous ne sommes pas des bêtes, nous qui avons été faits à la ressemblance de Dieu et possédons une âme immortelle. » Un certain nombre d'anciennes étudiantes fortunées menacèrent de suspendre leurs dons si les œuvres offensantes n'étaient pas immédiatement retirées. (Il faut dire à leur honneur que les administrateurs refusèrent de céder.) On aurait pu penser, étant donné que Catamount College était presque aussi libéral en 1975 que l'université de Bennington, qu'une écrasante majorité d'étudiantes défendrait Dorcas ; il y en eut pourtant un certain nombre, très démonstratives, qui détestèrent *Totem et Tabou* autant que leurs aînées. Elles jugeaient ces œuvres « dégoûtantes », « puantes », « sexistes », « une trahison du féminisme ». Pendant les quatre semaines éprouvantes que dura l'exposition, la salle du musée fut continuellement jonchée de brochures froissées en boule ou déchirées en morceaux. Des graffiti apparurent sur les socles de certains totems et quelqu'un alla jusqu'à dégrader la sculpture d'une parturiente accroupie en gribouillant « connerie » au vernis à ongles rouge sur son ventre massif. Cette dégradation fit un petit scandale dans la région et attira l'attention du *New York Times*, mais Dorcas tint absolument à laisser l'œuvre telle qu'elle était. Dans l'interview qu'elle donna au *Times*, elle exaspéra de nouveaux observateurs en disant : « Vandaliser une œuvre d'art est une autre forme d'art. J'adore les insultes, elles sont toujours sincères. »

Quelle déclaration ! Je ris tout haut lorsqu'on me la répéta.

Dorcas avait raison, bien sûr.

Je retournai voir l'exposition plusieurs fois. Je n'arrivais pas à déterminer si j'admirais les sculptures de Dorcas ou si je les détestais. Je n'arrivais pas à déterminer si elles m'enthousiasmaient en tant qu'œuvres d'art – car je me considérais moi-même comme une artiste, une poète – ou si elles me répugnaient. Car elles étaient si laides, si peu, ou si anti-, *féminines*.

Était-ce une bonne chose, ou pas si bonne que cela ?

Lors de ma dernière visite, en mai, voyant que j'étais seule dans la salle, j'éprouvai à mon tour l'envie soudaine de dégrader l'une des sculptures. Celle que je haïssais le plus était une adolescente anguleuse à peu près de ma taille, un mètre cinquante-trois, qui avait un visage inexpressif et simiesque, une petite tête chauve, de minuscules seins en gobelets et un bassin osseux. Ses organes sexuels étaient visibles, quoique très réduits. *Regarde-moi, pourquoi as-tu honte de me regarder ?* semblait-elle railler. Une flamme lécha mon cerveau. Je haïssais cette horreur ! Je sortis de mon sac un marqueur orange fluo, m'approchai de la sculpture en tremblant et restai plantée devant elle de longues minutes en tâchant de rassembler assez de courage pour m'y attaquer. Comme je la haïssais et comme je haïssais Dorcas qui était la femme d'Andre Harrow qui était l'homme que j'aimais et qui ne m'aimerait jamais, qui ne m'accorderait jamais ne fût-ce qu'un regard, parce que je n'étais pas femme comme Dorcas était femme, et que mon corps ressemblait à celui du totem appelé « Fille » et pas à celui de Dorcas. Pourtant, si je dégradais le totem, comment réagirait Dorcas ? *J'aime les insultes, elles sont toujours sincères.* L'adolescente semblait me dire la même chose. Me défier. Ce visage camard de singe qui présentait une faible et caricaturale ressemblance avec le mien, ces yeux-trous, irréguliers et aveugles, creusés dans le bois, la balafre sinistre et pourtant suffisante de la bouche. *Ta jumelle en miroir. Pourquoi me haïr ?* Comment était-ce possible ? J'étais effrayée, tant le sentiment d'une parenté, d'un lien presque physique, était fort.

Je rangeai le marqueur dans mon sac.

À présent, j'étais contrariée que les derniers visiteurs de l'exposition aient laissé les détritus habituels. Pourquoi personne n'avait-il nettoyé ? Il y avait des brochures en boule non seulement sur le sol mais sur les totems. Un par un, je les ramassai et les jetai dans une poubelle. J'avais le visage en feu, j'étais indignée pour Dorcas. Absorbée dans ma tâche, j'eus peu à peu le sentiment que l'on m'observait. *C'est elle. Dorcas ?* Mais, lorsque je me retournai, il n'y avait personne.

Dorcas ne marchait pas vite. Il m'était difficile de rester derrière elle. Je tâchai de laisser d'autres personnes, des joggeurs, des cyclistes, s'intercaler entre nous. Nous dépassâmes un terrain où des filles jouaient au football, puis entrâmes dans les bois qui bordaient Catamount Creek. L'odeur des aiguilles sèches sur le sol était forte, pénétrante. Je semblais déjà savoir que je l'associerais toujours à cet après-midi, et à Dorcas.

Dix minutes de marche séparaient le campus du village. Je m'étais mise à transpirer, bien que dans les bois, à l'abri du soleil, l'air fût frais. Je me disais que je pouvais rebrousser chemin à tout instant. Je me disais : *C'est plus que honteux, c'est de la folie.* Au village, dans Mill Street qui conduisait à la rue principale, je vis quelques hommes, des habitants de la région sans rapport avec l'université, jeter des coups d'œil à Dorcas, se retourner sur son passage et la regarder carrément. Je me demandai s'ils la connaissaient ou s'ils réagissaient simplement à son apparence. À l'évidence, elle éveillait leur intérêt, leur désapprobation, leur ressentiment, peut-être leur admiration. Ils devaient la considérer comme une hippie... le « style artiste ». Car Dorcas ne s'offrait pas avec passivité aux jugements, comme la plupart des femmes. Elle n'était pas du genre à se recroqueviller sous les regards grossiers des hommes ; à peine si elle semblait les voir. C'était une femme plantureuse de près de quarante ans qui tirait gloire de son corps, se croyait belle et désirable, même si des yeux ignorants pouvaient la trouver repoussante.

Au coin de Mill et de Main Street, je vis un homme aborder Dorcas. Un homme entre deux âges mais jeune d'allure, portant des vêtements de travail tachés et des bottes. Il avait le visage empourpré, couvert d'une barbe de deux ou trois jours. Il prononçait des paroles que Dorcas, accélérant le pas, choisit de ne pas entendre. Lorsque je fus un peu plus près, je l'entendis jurer. Je l'entendis dire quelque chose comme : « Tu crois que je ne sais pas qui tu es ? Tu crois que je ne te connais pas ? Va te faire foutre. »

Je ne pus éviter de passer à côté de cet homme en colère sur le trottoir. Ses yeux glissèrent sur moi sans me voir. Sa rougeur s'intensifia. Comment avait-il rencontré Dorcas ? me demandai-je ; quels pouvaient êtres leurs liens ? Tous ceux qui connaissaient Dorcas et Andre Harrow auraient eu le même avis : le couple avait peu de contacts avec les habitants de Catamount.

Dorcas se retourna pour voir si l'homme la suivait. Ce n'était pas le cas. Elle ne m'accorda pas plus d'attention que si j'avais été invisible.

Dans Main Street, je la suivis plus ouvertement. Car moi aussi, je me rendais au bureau de poste ; c'était une destination plausible pour une étudiante de Catamount. Je me disais que j'avais autant de raisons d'être là que n'importe qui. Le temps que nous atteignions le perron de la poste, mon cœur battait douloureusement. J'hésitai un instant avant de courir ouvrir la lourde porte à Dorcas qui, paquets dans les bras, pénétra dans le bureau. Elle murmura un « merci « désinvolte avec cette expression contrariée que nous avons pour les inconnus, si bien intentionnés soient-ils, qui s'ingèrent dans notre vie privée.

Je fus étonnée de constater que Dorcas était hors d'haleine, presque haletante. L'escalier extérieur était raide et elle avait une quinzaine de kilos en trop. Sa courte lèvre supérieure était humide de transpiration. Je sentis son odeur puissante... le corps féminin, chaud, épanoui. D'ordinaire ses cheveux flottaient sur ses épaules, bouclés et ondulants, mais ce jour-là elle les avait ramassés en un chignon hâtif dont s'échappaient mèches et tortillons. Je vis qu'elle portait à ses oreilles rosies des boucles artisanales en aluminium qui fendaient l'air comme des cimeterres. De grosses bagues d'argent brillaient à ses doigts. Ses ongles étaient courts comme ceux d'un homme, bordés de crasse ou de peinture noire. Elle s'était maquillée avec son exubérance habituelle, avec un talent, et peut-être un humour, d'artiste, car il était possible que Dorcas, habitante d'une petite ville universitaire de Nouvelle-Angleterre en 1975, fût censée évoquer un portrait de femme aux yeux de biche, sauvage-voluptueux, peint par Picasso dans les premières années du XXe siècle. Ses sourcils étaient épais, noirs et ciselés ; ses lèvres, cramoisies, presque violettes, soulignées d'un trait nettement plus sombre, semblaient enflées ; un rimmel noir poisseux rehaussait ses yeux pénétrants, en amande. Son visage était un masque de poudre pâle et granuleuse, comme celui des geishas. Elle portait son habituelle blouse en jean aux manches tachées de peinture, une longue jupe en jean aux couleurs de l'arc-en-ciel et des sandales de cuir qui mettaient en valeur ses pieds nus, étonnamment petits et bien faits (dont les ongles étaient vernis de bleu). Autour de ses épaules charnues, pour compléter cette tenue, elle avait noué un châle de grosse laine vert perroquet dont les franges lui tombaient à mi-dos. Dorcas était sexy, séduisante. Elle avait des seins, des hanches. Lorsqu'elle marchait, ses fesses ondulaient. Il était impossible de ne pas la regarder, et c'était ce que faisaient les clients de la poste.

Au guichet, Dorcas parla à l'employé d'une voix forte et autoritaire ; elle avait un accent français prononcé. Ses opérations prirent un certain temps ; la queue s'allongea derrière elle. Lorsque finalement elle se retourna, j'étais à quelques mètres d'elle en train de la regarder, démunie maintenant de toute excuse. Dorcas n'avait pas vraiment remarqué ma présence jusque-là, et elle s'approcha de moi comme elle l'aurait fait d'une enfant à l'aspect insolite. Ses yeux en amande perdirent leur éclat sardonique et s'agrandirent de curiosité. À cause de mes cheveux ? Mes longs cheveux ondulés étaient mon trait le plus frappant. Une crinière scintillante qui me tombait à mi-dos. Des cheveux derrière lesquels se cacher, dans lesquels s'envelopper. Toutes les couleurs s'y mélangeaient, châtain foncé, doré, blond vénitien, brun-roux et même argent. Tout le monde dans la famille de ma mère grisonnait prématurément : c'était mon destin. Hardiment Dorcas toucha mes cheveux, qu'elle lissa et caressa. J'étais paralysée, j'osai à peine respirer. Elle murmura pour elle-même : « *Belle. Très belle* *. » À ma stupéfaction, elle les prit à poignées et les souleva à l'horizontale de chaque côté de ma tête, en me contemplant d'un air appréciateur. Dans son anglais moqueur teinté d'accent français, elle dit : « Et laquelle d'entre elles es-tu ? »

* Tous les mots en italique et suivis d'un astérisque sont en français dans le texte *(N.d.T.)*.

4. Les incendies

Automne 1975

À Catamount College, au pied des monts Berkshire, dans le sud-ouest du Massachusetts, dans ce brumeux après-guerre du Viêt-nam que furent les années 75, il y avait eu plusieurs petits incendies mystérieux. Les autorités locales avaient établi que tous étaient criminels mais aucun incendiaire n'avait encore été identifié. En cet automne 75 où j'entamai ma troisième année d'université, les incendies ne s'étaient encore déclarés que dans des endroits du campus – le restaurant principal après sa fermeture, par exemple – où personne ne risquait d'être blessé. Des chiffons imbibés d'huile avaient été enflammés dans une poubelle derrière le bâtiment XVIIIe qui abritait le département des Lettres, juste au-dessous du bureau du professeur Andre Harrow, en fait, mais là aussi cela s'était passé la nuit. Il y avait eu un incendie similaire, provoqué par des chiffons enflammés, dans un hall du bâtiment administratif, et des livres qui se consumaient dans un coin écarté de la bibliothèque (sujet : la philosophie grecque présocratique) avaient déclenché les alarmes d'incendie et les extincteurs automatiques, provoquant la fuite affolée de tous ceux qui se trouvaient là, moi comprise ; mais, à l'exception d'une fille qui s'était brisé la cheville en tombant, personne ne fut blessé.

Malgré tout, nous ne savions jamais en allant nous coucher si nous ne serions pas réveillées par des sirènes d'alarme, et si ces alertes seraient réelles ou fausses. Nous ne savions jamais si notre propre résidence n'allait pas flamber. Nous ne savions jamais (nous disions-nous avec un humour macabre) si nous n'allions pas « brûler vives » dans nos lits.

Personne ne semblait savoir, ou ne voulait admettre, qui commettait ces actes, ni pourquoi. L'activisme politique à Catamount, comme dans les autres universités, avait pratiquement cessé depuis la fin de la guerre du Viêt-nam. Le Temps de l'Ignominie avait pris fin. Nous n'avions plus grand-chose contre quoi protester, et plus beaucoup d'énergie pour le faire. On reconnaissait que les étudiants de ma génération étaient « apathiques », voire « anesthésiés ». À Catamount College, notre jeune présidente avait fait campagne pour Eugene McCarthy quand il s'était porté candidat à la nomination du parti démocrate ; ses principaux administrateurs et elle avaient atteint leur majorité dans les années 60 et passaient pour des libéraux, voire, dans certains milieux, pour des radicaux. Et donc : pourquoi allumer des incendies à Catamount ? Quel était le symbolisme, quel était le but ?

Manifestement, ce but devait être d'ordre privé.

Les enquêteurs de la municipalité de Catamount étaient arrivés à la conclusion qu'un seul individu avait sans doute allumé les incendies, tandis que d'autres, vraisemblablement sans rapport avec lui, s'amusaient à déclencher des alertes. Des bruits couraient… Je n'avais aucune idée de qui était l'incendiaire mais ses actes imprévisibles me paraissaient logiques, comme un message codé. Dans mon journal, j'écrivis : *Elle est amoureuse, elle aussi. Ils la méprisent. Elle est transparente pour eux, invisible.*

« Qui fait ça, à votre avis ?

— C'est quelqu'un de malade, en tout cas. Elle a besoin d'aide.

— Elle a besoin qu'on la jette en prison, oui !

— Ça pourrait être un homme.

— Non, c'est l'une d'entre nous. Je le sens. »

L'une d'entre nous. L'une des étudiantes de Catamount. Moi aussi je le pensais. Moi aussi je le « sentais ».

C'est ainsi que, réveillées par les alarmes et le remue-ménage sur le campus, nous commentions ces incendies mystérieux. Dominique, Penelope, Marisa, Cassandra (« Cassie », dont la chambre jouxtait la mienne au deuxième étage de la résidence) et Gillian (moi). Notre résidence, Heath Cottage, était la plus petite du campus ; ce n'était pas un cottage mais une des vieilles maisons XVIIIe délicieusement vétustes de l'université : planchers en pente, hautes et étroites fenêtres mal jointes, tapis orientaux fanés et minces comme des crêpes que l'on nous disait inestimables, et mauvaise isolation contre les hivers de Nouvelle-Angleterre. « Notre poudrière », disions-nous. Même les échelles d'incendie extérieures étaient vieilles et rouillées.

Jusque-là, cependant, Heath Cottage avait été épargné. Nous n'étions que douze à y habiter, et nous avions toutes quelque chose à voir avec l'art : création littéraire, théâtre, danse, musique. Aucune fausse alerte n'avait été déclenchée à Heath Cottage... pour l'instant. Mais nous étions inquiètes et nerveuses comme les autres.

Dans l'attente que quelque chose arrive.

« D'après moi, elle ne veut pas vraiment faire de mal à quelqu'un.

— Ce qui signifie quoi ? Que c'est juste une plaisanterie ?

— Non. Qu'elle veut attirer l'attention.

— Comme les tentatives de suicide ? Il paraît que la plupart du temps c'est un "appel à l'aide".

— Elle pourra "appeler à l'aide", cette garce, si je découvre qui c'est. Je suis tellement nerveuse que je n'arrive plus à dormir.

— Pareil pour moi. Je reste étendue dans le noir, en me forçant à garder les yeux fermés, et j'imagine que je sens une odeur de fumée.

— En tout cas, ce doit être quelqu'un de malade. C'est un genre de suicide.

— Si un type faisait ça, ce serait quoi ? Pas un suicide, je parie.

— Pour un mec, c'est plutôt excitant, non ? Ils prennent leur pied avec les incendies.

— Mais pas les filles ? Pas les femmes ?

— Sûrement pas moi, en tout cas », dit Dominique avec un rire aigu.

Mais nous nous demandions : vrai ? Pas vrai ? Pourquoi pas ? *Pourquoi* ?

« Ça a quelque chose de sexuel, je suppose. Pour un mec.

— Pour les femmes, la sexualité est personnelle. On pense à *quelqu'un*.

— Est-ce que toutes les femmes sont pareilles ? Pensez aux sculptures de Dorcas.

— Beurk ! Ces horreurs ! On devrait les brûler.

— Non. Elles sont puissantes, elles sont faites pour rendre les femmes plus fortes. L'idée, c'est que nous sommes tous des animaux et que c'est notre force. »

C'était Marisa qui parlait avec cette véhémence. Nous la regardâmes de biais, mal à l'aise.

Cassie dit : « Je continue à penser que ce pourrait être un type. Quelqu'un de l'extérieur. Quelqu'un qui nous en veut, qui nous déteste. En tant qu'"étudiantes", peut-être. Un imbécile qui nous croit toutes riches et gâtées, ce genre de conneries.

— Comment un inconnu pourrait-il entrer dans la bibliothèque sans être vu ? C'est forcément quelqu'un qui étudie ici. Quelqu'un qui ne détonne pas. L'une d'entre nous.

— Oui, mais pas *nous*. Pas *nous* au sens littéral. »

Nous nous regardâmes avec inquiétude. Nous rîmes. Nous étions certaines, absolument certaines, que l'incendiaire était peut-être bien une étudiante de Catamount, mais en aucun cas l'une d'entre *nous*, les résidentes de Heath Cottage.

« Moi, je pense qu'elle est amoureuse. Elle est malade, elle est folle d'amour.

— Pour… qui ? »

Le silence se fit. Marisa eut un petit rire nerveux. Dominique se moucha. Je sentis mon visage flamber et sus qu'une rougeur humiliante montait à mes joues comme une main ouverte.

Chacune d'entre nous pensait *Andre Harrow. Mais nous ne devons pas prononcer son nom.*

5. « Pêche »

Parfois on tombe amoureux sans le savoir. Sans s'en rendre compte. Et c'est trop tard, on ne peut pas revenir en arrière.

Au mois de mars, ma mère me téléphona pour « m'informer » – c'est le mot qu'elle employa – que mon père avait « pris un logement séparé » et qu'il me « contacterait » bientôt. J'avais eu le sentiment vague et inconfortable que le mariage de mes parents était aussi vermoulu qu'un vieux bois pourri mais ce fut néanmoins une surprise. On pourrait même dire un choc. Je pleurai peut-être. Un peu. Ma mère dit d'un ton sec : « Les larmes sont inutiles, Gillian. Elles ne m'ont jamais servi à rien. »

Je raccrochai alors qu'elle parlait encore. Si elle rappela, je n'étais pas dans ma chambre pour entendre le téléphone sonner.

C'était avant les répondeurs, les messages enregistrés auxquels on ne peut échapper. La vie était plus facile, alors. Il suffisait de ne pas décrocher.

Mais cette nuit-là, lorsque je finis par m'endormir, je ne rêvai pas de mon père. Je rêvai d'un homme dont je ne voyais pas nettement le visage mais dont je savais : *Il m'aime. Il prendra soin de moi*. Le rêve était embrouillé et confus comme la plupart de mes rêves, un paysage chaotique dans lequel je courais, ou tentais de courir ; l'air était épais et suffocant, et j'essayais si fort de courir que mon cœur battait à grands coups. Mais il y avait un homme au visage flou et lumineux. Je comprenais que c'était un homme bon, il me parlait d'une voix basse, chaude, consolante, une voix que je sentais plus que je n'entendais, une voix qui me rendait soudain immensément heureuse parce que j'en étais sûre, *Tout ira bien, Gillian, tu seras aimée, je prendrai soin de toi.*

Mais je savais qu'il ne fallait en parler à personne. Car cet homme, qui était l'un de mes professeurs, ne pouvait aimer ses autres étudiantes comme il m'aimait, et donc c'était injuste, c'était mal, je ne devais jamais parler de l'amour qu'il avait pour moi sous peine de le voir s'évanouir. Je pleurais à ce moment-là : *Je ne le dirai jamais à personne, monsieur Harrow.* Et il me prenait dans ses bras, comme mon père ne l'avait pas fait depuis quinze ans ; il m'embrassait avec douceur sur les lèvres, et un grand bonheur m'envahissait comme une bénédiction.

M. Harrow lisait. De sa voix basse rocailleuse pareille à une caresse rude. Alors que nos autres professeurs avaient tendance à être cassants, ironiques et poseurs, M. Harrow était sincère, et sa franchise nous mettait parfois mal à l'aise. D. H. Lawrence était l'un de ses héros. Il nous lisait « Pêche », un beau poème allègre, tiré d'*Oiseaux, bêtes et fleurs*, dont la langue sensuelle était comme une incantation.

Pourquoi si veloutée, si voluptueusement lourde ?
Pourquoi pendante d'un tel poids incongru ?
Pourquoi si échancrée ?
Pourquoi l'ornière ?
Pourquoi la ravissante rotondité bivalve ?
Pourquoi l'ondulation le long de la sphère ?
Pourquoi l'incision suggérée[1] ?

Stupéfaite et fascinée, j'écoutais. Assise au premier rang dans le grand amphithéâtre où M. Harrow faisait

---

1. Poèmes, Poésie Gallimard, traduction de Gaspar et Sarah Clair *(N.d.T.)*.

cours à près de cent cinquante étudiantes, je le regardais intensément et me rendis compte que, quoique j'eusse déjà lu « Pêche », ainsi que de nombreux autres poèmes de D. H. Lawrence, je ne l'avais pas compris avant cet instant. Avant de l'entendre par la voix de M. Harrow. Une voix qui était elle-même veloutée, voluptueusement lourde. Il me semblait que, tout en lisant, M. Harrow levait la tête pour me regarder. Il me semblait que M. Harrow était lui-même le poète et que ces vers étaient les siens, intimes et choquants. Et consolants. Car je comprenais à présent que le véritable sujet du poème n'était pas une pêche, une pêche dévorée par le poète, une pêche qu'il trouve délicieuse, dont le jus lui coule sur les doigts, le véritable sujet du poème était le corps féminin.

Le sexe féminin. Le vagin.

Cette féminité secrète au profond de la femme, cachée au monde. Cachée, parce qu'elle craint d'être blessée.

Cachée parce qu'elle craint d'être moquée. Raillée pour sa laideur.

Certaines des filles riaient avec nervosité. Elles aussi comprenaient. Le poète nous faisait sentir cette délicieuse intimité, cette vérité sensuelle inexprimée, que le corps féminin recèle des beautés inattendues, que nous ne devions pas avoir honte de nos corps mais en être fières. En tirer gloire. Des larmes me piquaient les yeux. Pas les larmes provoquées par le coup de téléphone de ma mère, la veille, mais les larmes de bonheur de mon rêve. Car la voix de mon professeur Andre Harrow était la voix même de mon rêve, sans aucun doute possible.

Tu seras aimée, Gillian. Je prendrai soin de toi.

était-ce un effet de mon imagination ? Ça ne l'était pas.

Le reste du cours passa dans un brouillard. Lumineux et vibrant. Je remarquai que le professeur Harrow me regardait souvent, que ses yeux semblaient me sourire. Il dit avec franchise à sa classe captivée, non comme s'il donnait un cours mais comme s'il bavardait simplement avec nous, se confiait à nous, en caressant sa courte barbe en forme de pelle qui ressemblait à celle de

D. H. Lawrence : « Lawrence est le poète suprême de l'Eros. Pas de récrimination, pas de reproche, pas de culpabilité, pas de "moralité". Car qu'est-ce que la "moralité" sinon une laisse autour du cou ? Une corde ? Qu'est-ce que la "moralité" sinon ce que les autres veulent que vous fassiez pour leurs propres raisons égoïstes et informulées ? » M. Harrow marqua une pause. De nouveau, il me sembla qu'il me regardait, les yeux souriants. C'était un homme grand et maigre, du vif-argent, énergique, impatient. J'étais incapable de dire l'âge qu'il avait... trente-cinq ans ? trente-sept ?... Vingt bonnes années de moins que mon père lointain, presque oublié. *Ce père que je haïssais, dont je souhaitais la mort. Une crise cardiaque, rapide, pour nous éviter la honte à ma mère et à moi.* M. Harrow disait en conclusion : « Lawrence nous enseigne que l'amour – l'amour sensuel, sexuel, charnel – est notre raison d'exister. Il détestait l'amour de "devoir"... pour les parents, la famille, la patrie, Dieu. Il nous dit que l'amour devrait être intense, individuel. Pas illimité. Cet amour illimité sent mauvais. »

Cet après-midi-là, lorsque je regagnai ma résidence, je trouvai un message dans ma boîte aux lettres. Il fallait que je rappelle ma mère immédiatement. Les doigts tremblants, je déchirai le message. « Pourquoi me préoccuper d'elle, ou de lui ? » Il me semblait à moi aussi que l'amour familial n'était qu'un devoir : une mauvaise odeur. Je m'arrangerais pour passer la plus grande partie de l'été dans le Maine, comme animatrice d'un camp de vacances pour enfants légèrement handicapés ; j'éviterais de rendre visite à l'un ou l'autre de mes parents. J'étais amoureuse, à présent. Mon amour pour M. Harrow me donnait des forces. Bien que je sache, car je n'étais pas idiote, qu'il ne serait jamais payé de retour.

C'était en mars 1975.

6.

Octobre 1975

Philomèle, m'appelait-il.
Philomèle, la fille sans langue.
C'était une plaisanterie, je pense. Mais pas cruelle.

Parce que j'étais ridiculement timide en sa présence. Parce que, à la différence des autres, je ne parvenais pas à l'appeler « Andre ».

À Catamount College, il n'y avait que deux catégories d'enseignants : les maîtres-assistants et les professeurs. Andre Harrow, qui avait le rang de professeur, qui avait été arrêté à Washington dans des manifestations contre la guerre du Viêt-nam et qui rejetait publiquement la hiérarchie, les privilèges, des distinctions artificielles telles que les titres universitaires (« un résidu d'autoglorification bourgeoise »), engageait les étudiantes de Catamount à ne pas l'appeler professeur, mais monsieur.

Il insistait pour que les étudiantes d'élite de ses ateliers l'appellent « Andre ».

Andre! Je n'aurais pas davantage pu appeler M. Harrow par son prénom que je n'aurais appelé mes parents par le leur. J'aurais eu l'impression de violer un principe d'autorité. Un peu comme si j'avais fait crisser mes ongles sur un tableau noir.

(Il m'était même impossible d'appeler mes parents « Maman « et « Papa ». Dans notre famille austère, ces figures de l'autorité avaient toujours été « Mère » et « Père ». On peut se demander comment, bébé, je m'étais tirée de ces formalités ridicules, mais je ne me souvenais vraiment pas de les avoir jamais appelés autrement.)

Dans notre atelier de poésie, qui ne comptait que dix étudiantes, sélectionnées, disait-on, parmi quarante postulantes, certaines des plus hardies, dont Dominique, Marisa et Sybil, appelaient M. Harrow « Andre » comme si cette familiarité était parfaitement naturelle. Je regardais avec amusement – en fait, avec une jalousie brûlante – mes amies se pencher effrontément vers M. Harrow, épaules rejetées en arrière pour mettre leurs seins en valeur, tête subtilement inclinée. *Regarde-moi ! Aime-moi.* Dominique éclatait d'un rire voyou, rauque et guttural, pour attirer l'attention de M. Harrow ; Marisa ne cessait d'écarter ses longs cheveux blond cendré de son visage. Sybil faisait la moue quand on critiquait avec dureté sa poésie, comme une enfant qui va fondre en pleurs furieux si Papa ne la console pas. Même Catherine avec son visage ordinaire et son manque d'humour coinçait M. Harrow après les cours pour lui poser des questions fabriquées. « Monsieur Harrow... euh, A... Andre... que veut dire ce dernier v... vers de "Léda et le cygne" ? » Mon cœur se serrait de mépris, je ne pouvais pas rivaliser avec ces filles, et je ne le voulais pas.

Dans l'amour de loin, il faut inventer tant de la vie.

Dans l'amour de loin, on apprend les stratégies du détour.

Car même tout près, à quelques centimètres d'Andre Harrow, j'étais loin de lui. Moi, Gillian Brauer, qui parvenais à parler de façon cohérente et intelligente dans mes autres cours, restais muette devant cet homme. Je ne pouvais le regarder en face comme je l'avais fait pendant son cours magistral du printemps précédent, mais j'avais une conscience intense de sa présence, de chaque nuance de son expression, de chacune de ses remarques, pendant les quatre-vingt-dix minutes de notre atelier ; parfois j'entendais à peine ce que disaient les autres, ou les jugements, fins ou imbéciles, portés sur mes poèmes. (J'écrivais de la poésie depuis l'âge de quinze ans. Pour moi, c'était un défi formel : il ne s'agissait pas de « m'exprimer » mais de créer un poème composé de mots fascinants et inhabituels.) Parfois mes yeux se remplissaient brusquement de larmes. *Je suis si heureuse que mon cœur pourrait éclater.*

Et pourquoi ? Andre Harrow n'était pas « beau » : il avait une peau plutôt rugueuse, un visage étroit et anguleux. Son trait le plus frappant était ses yeux, gris-vert, durs, si lumineux qu'ils semblaient devoir briller dans le noir ; mais il y avait une minuscule tache de sang près de l'iris de son œil droit. Il était grand, maigre, nerveux. Il faisait un peu penser à un furet, à un animal ne supportant pas d'être enfermé. Sa barbe en forme de pelle était parfois négligée, ses cheveux châtains grisonnants, souvent gras, tombaient en mèches épaisses autour de son visage. Il avait des dents irrégulières et, comme ses doigts nerveux, tachées de nicotine. Dans notre petite salle de TP, il fumait des cigarillos hollandais qui dégageaient une odeur âcre d'épi de maïs brûlé ; distraitement, il laissait tomber des cendres sur la table et le sol. (La plupart des étudiantes fumaient. On était en 1975. Même Catherine, qui avait des problèmes respiratoires, et même Sybil, dont le père était mort d'un cancer du poumon dû au tabac. Dominique et Marisa étaient toutes les deux danseuses, ce qui ne les empêchait pas de fumer une cigarette après l'autre. Dois-je avouer que j'aurais aimé fumer, moi aussi ? La pratique me paraissait sophistiquée, séduisante. J'enviais l'assurance avec laquelle Dominique et Marisa faisaient glisser paquet de cigarettes et briquet de leur sac à main sur la table. J'enviais la nonchalance avec laquelle les fumeurs s'offraient des cigarettes, ou en demandaient ; la jalousie me perçait le cœur lorsque je voyais Marisa, cheveux soyeux tombant sur le visage, accomplir ce rituel érotique consistant à approcher sa cigarette, serrée entre ses lèvres maquillées, de l'allumette enflammée de M. Harrow, oser mettre ses petits mains en coupe autour de la sienne, puis inhaler avec volupté. « Merci, Andre ! » J'enviais les fumeurs mais ne pouvais les imiter ; la fumée me piquait les yeux et me faisait tousser. J'étais une enfant jouant avec des jouets d'adultes.)

Andre Harrow était verbeux, tyrannique. Il était gentil, et condescendant. Il ne cessait de nous interrompre tout en nous exhortant à « dire ce que nous pensions, si nous ne voulions pas que quelqu'un le fasse à notre place ». Lorsqu'il parlait, il s'animait et transpirait ; il essuyait son visage empourpré et son nez, d'un revers brusque de la main ; il dégageait une franche odeur de transpiration masculine, comme un cheval surmené. À la différence de nos autres professeurs qui pendant les cours restaient assis ou plantés derrière leur pupitre, M. Harrow bondissait sur ses pieds chaque fois qu'une idée lui venait. Il marchait de long en large en faisant de grands gestes, parlait avec animation, le visage luisant. Ses yeux cherchaient les nôtres.

À Catamount, on pensait qu'Andre Harrow savait « tout ». C'est-à-dire, tout ce qui valait la peine d'être su. Les aphorismes de Nietzsche, déclamés staccato : « Ce qui est fait par amour se fait toujours par-delà le bien et le mal » ; « Il n'y a pas de phénomènes moraux, seulement une interprétation morale des phénomènes. » Il récitait des poèmes de Blake, Shelley, Whitman, Yeats et Lawrence avec une telle ferveur que l'on comprenait que la poésie valait que l'on meure pour elle. (Pourtant M. Harrow n'était pas lui-même poète, semblait-il. Nous nous demandions pourquoi.)

M. Harrow s'habillait décontracté, mais avec une certaine recherche. Il portait des jeans avec des blazers en cachemire, des pantalons kaki avec de beaux pulls tricotés main. Il portait des tee-shirts noirs qui épousaient son torse étroit bien musclé ; il portait une ceinture de cuir ornée d'une boucle d'argent proéminente qui attirait l'attention sur sa taille presque anormalement fine. Il portait des joggeurs, des chaussures de marche. Par temps chaud, des sandales. Les jours même à peine ensoleillés, des lunettes d'un noir tropical, comme si la lumière lui blessait les yeux.

Son humour pouvait être cruel (il citait certains de nos vers pour souligner leur faiblesse) mais il n'était jamais méchant. Si nous essuyions une larme, si nous nous mordions les lèvres pour ne pas pleurer, nous étions aussi flattées.

Il s'intéresse à moi. Il pense à moi. Je compte pour lui.

Cet après-midi-là, il se tourna soudain vers moi.

« Et vous, Philomèle, qu'avez-vous à dire ? Vous gardez un silence bien énigmatique depuis une heure. »

Philomèle ! Tout le monde rit dans la classe.

Nous avions lu quelques passages des *Métamorphoses*. Philomèle était une des vierges violentées d'Ovide qui avait – au sens propre – perdu sa langue et fini métamorphosée en oiseau. C'était spirituel de la part de M. Harrow de m'appeler ainsi, quoiqu'un peu brutal. Philomèle avait connu un sort terrible et il n'y avait vraiment rien de drôle dans le fait qu'elle fût devenue muette.

Malgré tout, je ris. Je ris avec les autres. Je parvins même à répondre quelque chose de raisonnablement intelligent, mais mon visage flambait comme si l'on m'avait giflée.

Comme si Andre Harrow m'avait giflée.

« Vous voyez ? Philomèle sait parler quand elle le veut. Quand on l'y force », dit-il d'un ton presque froid, en caressant sa barbe rude.

Cette fois, les rires furent un peu gênés.

C'était une plaisanterie, bien entendu. Un reproche malicieux à l'adresse de Gillian qui restait si silencieuse alors que les autres se jetaient à l'eau et parlaient. Dans un petit atelier, toute étudiante qui garde le silence représente une contrariété pour son professeur, et une vague menace : il se demande ce qu'elle pense et pourquoi elle refuse de partager ses pensées avec les autres. M. Harrow ne pouvait se douter (si ?) que je l'adorais ; que je fantasmais en secret sur lui ; que je parlais rarement en sa présence parce que aucun de mes mots ne me semblait adéquat, digne de lui. Si M. Harrow percevait le trouble où me jetait sa proximité, il était assez gentleman pour ne rien en montrer.

Sur l'une de mes récentes livraisons de poèmes, il avait griffonné : *Vous devez vous exprimer davantage pendant les cours !*

Voilà qu'il me taquinait à présent en m'appelant « Philomèle ». Ce fut un moment de tension étrange. Car, prononcé par la voix rude, rocailleuse et caressante de M. Harrow, « Philomèle » était mélodieux et mystérieux, un terme d'affection.

J'étais embarrassée et troublée. Personne d'autre dans l'atelier n'avait été distingué de la sorte.

« Philomèle, passez me voir après le cours, d'accord ? »

Le bureau de M. Harrow se trouvait au premier étage du bâtiment des Lettres, une pièce haute de plafond aux murs galeux, percée d'étroites fenêtres à l'ancienne. Prenant le siège qu'il m'indiquait, à côté de son bureau, je me souvins que, peu de temps auparavant, l'incendiaire inconnu avait enflammé des chiffons sous sa fenêtre. Par pur hasard ou par choix délibéré ? *Pour attirer son attention. Le prévenir qu'il y avait danger.*

M. Harrow me parla d'un ton neutre. « J'espère ne pas vous avoir embarrassée, Gillian. Philomèle est un personnage tragique, je suppose.

— Oui, mais au moins elle n'est pas morte, dis-je. Elle a survécu.

— Sous la forme d'un oiseau à la poitrine "couleur de sang". »

Il rit en disant cela. Pourquoi était-ce drôle ?

Je me retrouvai en train de rire aussi. Mon cœur battait si fort que je pouvais à peine respirer.

Toutes les autres étudiantes de l'atelier de poésie s'étaient déjà entretenues avec M. Harrow dans son bureau, et plus d'une fois. Il arrivait que des filles fassent la queue dans le couloir, parfois assises par terre. De nombreuses étudiantes suivaient son autre cours sur le modernisme au XXe siècle. Je n'avais cependant jamais osé pénétrer dans cette pièce. La proximité physique de M. Harrow me semblait presque effrayante. Je tremblais qu'il ne voie au premier coup d'œil combien je l'adorais. Raide, renfrognée, je gardais les yeux rivés sur son bureau encombré pendant qu'il parlait d'Ovide et des « mythes de la métamorphose ». Son bureau disparaissait sous les papiers et les livres ; il y avait un exemplaire de *Rolling Stone* avec une photo ricanante de Mick Jagger en couverture ; il y avait une machine à écrire Underwood et une vieille lampe au col tordu. Les murs étaient couverts d'étagères, et les étagères croulaient sous les livres. Sur le rebord de fenêtre le plus proche était posée une statue en bois de soixante centimètres, manifestement sculptée par Dorcas ; elle représentait une adolescente ressemblant beaucoup à celle que j'avais tant détestée lors de l'exposition du printemps précédent : front bas, petits yeux vides, seins minuscules et hanches étroites, ventre protubérant, bras et jambes maigres, longs pieds. Son pubis était lisse et glabre, comme son crâne, son sexe suggéré par de délicats sillons dans le bois. Cette fois, je la trouvai moins répugnante. Si l'on regardait bien, on percevait quelque chose de rusé et de sensuel sur son visage. *Ne me juge pas sans me connaître. Ma sœur !*

« Ma femme m'a dit que vous l'avez suivie il n'y a pas longtemps. Dans le village. »

Cette remarque me prit tellement de court que je restai sans voix. Je dévisageai M. Harrow, affolée. La minuscule tache de sang flottait dans son œil.

« Naturellement, Dorcas exagère. C'est une femme théâtrale. Si elle vous prend au filet de ses fantaisies, vous devenez exagéré, vous aussi. »

Que voulait-il dire ? J'eus un sourire gêné. Je balbutiai : « Je... ne suivais pas votre femme, monsieur. J'allais à la poste... » Ce mensonge me mit le feu au visage. Mais c'était apparemment ce qu'Andre Harrow voulait entendre. Plus que tout, il redoutait une déclaration bégayante et rougissante d'une de ses apprenties poètes.

Plus que tout, il redoutait un accès de larmes.

D'une voix douce, comme s'il apaisait une enfant, il dit : « Bien entendu. Tout le monde sait que Dorcas exagère. »

Il détourna la conversation sur notre atelier. Les poèmes que nous avions lus, dont ceux d'Ovide, et mes propres poèmes. Il alluma un second cigarillo hollandais et souffla deux minces filets de fumée. Les coins de ses yeux étaient ridés comme s'il avait regardé le soleil en face et son incisive droite semblait ébréchée. Après notre atelier intensif de deux heures, il n'avait pas l'air fatigué, mais nerveux.

« Gillian, avez-vous des questions ? Je pense que oui. »

Je le regardai sans comprendre.

Sauf que : je voulais effectivement savoir pourquoi dans les *Métamorphoses* le bonheur humain n'était possible qu'à condition de se métamorphoser en quelque chose de moins qu'humain. « Tout ce qui les sauve, Philomèle par exemple, c'est qu'ils se transforment en oiseaux, en bêtes, en monstres... Pourquoi ne peuvent-ils pas rester humains ? »

Ma question surprit peut-être M. Harrow, qui téta un instant son cigarillo d'un air songeur. Puis il dit : « C'est le jugement d'Ovide sur l'"humain". Il n'y a pas de bonheur à être humain, mais seulement à échapper aux conflits. Les Anciens étaient stoïques, ou cyniques, pourrait-on dire. Rien dans leurs croyances qui ressemble à la rédemption chrétienne de l'individu. Leurs dieux étaient mesquins et vindicatifs comme des enfants grandis trop vite.

— Mais... il n'y avait pas vraiment de dieux. Ils ne croyaient pas en eux, n'est-ce pas ? Pas *vraiment* ?

— Les dieux étaient des passions. Des obsessions. Des appétits. Alors, si, ils croyaient en ces dieux. Ils les trouvaient terrifiants. »

M. Harrow parcourut quelques-uns de mes poèmes tapés proprement à la machine. Des sonnets pétrarquistes composés avec méticulosité. Pendant l'atelier, les autres poètes, intimidées, avaient émis peu de critiques ; M. Harrow lui-même s'était montré élogieux et avait lu l'un d'eux à voix haute. À présent, cependant, à ma consternation, il semblait qu'il ne fût pas si impressionné. « D'un point de vue technique, vos poèmes sont toujours intéressants, Gillian, mais... – sans en avoir conscience, semblait-il, il m'effleura le poignet de ses doigts, pour réconforter, consoler – ... inaccomplis. Comme si vous aviez mis tous vos efforts à construire les barreaux d'une cage où un papillon s'est pris au piège ; le papillon bat des ailes pour être libéré, et vous ne le voyez pas. »

Je savais. Je savais qu'il avait raison. Je me mordis la lèvre, et tâchai d'empêcher mes larmes de rouler sur mes joues.

Très légèrement, M. Harrow me serra le poignet.

Il avait davantage à dire mais quelqu'un frappa à la porte derrière moi. Je vis son regard dévier et une expression contrariée passer sur son visage. Une étudiante de quatrième année appelée Michelle, jambes longues et respiration courte, nous regardait, debout sur le seuil. Je connaissais à peine Michelle, qui était belle malgré un teint terreux, très douée et passait pour se droguer. « Oui, Michelle ? Que voulez-vous ?

— Vous voir, Andre. C'est important.

— Nous avions rendez-vous ?

— Oui. Nous avions rendez-vous. »

Michelle s'exprimait d'un ton maussade qui semblait dire *non nous n'avions pas rendez-vous mais je suis là.* Sans y avoir été invitée, elle entra dans le bureau. Elle fumait une cigarette. Elle m'avait à peine accordé un regard. Je m'excusai et sortis.

Inaccomplis.

En lisière des terrains de sport, je courus. Sur le sol spongieux, je courus dans le crépuscule. Les équipes de football étaient parties, l'air était immobile et froid. Je courus en martelant le sol de mes pieds comme un jeune cheval emballé. Au lycée, j'avais été gymnaste mais une chute m'avait esquinté le dos. Mon entraîneur n'avait cessé de me pousser. Je n'avais cessé de me pousser moi-même. On avait considéré – un temps – que je pourrais atteindre un « niveau olympique «. Mon père, souvent absent pour affaires, avait mis un point d'honneur à assister à certaines de mes compétitions ; il avait été fier de moi, ou en tout cas fier que je gagne. Mais j'avais dû renoncer à la gymnastique. J'étais trop frêle pour le football, le hockey, le basket. Les autres filles, plus agressives, me bousculaient. Et puis j'avais pris la compétition en horreur. Je courais seule, tôt le matin et souvent au crépuscule, pour respirer plus profondément, pour que mon cœur s'emballe, pour éprouver un soupçon de douleur. *Intéressants sur le plan technique mais... inaccomplis.* Sur les sentiers traversant les bois, je courus. Le long de Catamount Creek (où j'avais suivi Dorcas), je courus. L'odeur des aiguilles sèches ! Si piquante que des larmes me montèrent aux yeux et roulèrent sur mes joues. *Inaccomplis* ! C'était vrai, bien sûr. J'avais su pendant nos ateliers, en écoutant les éloges brefs et un peu embarrassés des autres, qu'il en était ainsi. J'avais su qu'Andre Harrow n'était pas véritablement impressionné. Je savais que je ne valais rien. C'était comme lorsque j'étais tombée de la barre, tombée lourdement sur le tapis, le dos tordu, espérant à moitié qu'il fût brisé. *Exactement ce que tu mérites.*

Pourtant, je sentais encore le contact de sa main sur mon poignet.

Je dormirais cette nuit-là le bras posé près de ma tête sur l'oreiller. Le visage contre mon poignet. Je rêverais de l'homme au visage lumineux et bon, dont la caresse, quoique légère, quoique nullement sexuelle ni avide, me pénétrerait de joie.

7. « Philomèle »

À Heath Cottage mes amies me taquinaient en m'appelant « Philomèle ». Je ne crois pas qu'elles pensaient à mal. Je ne crois pas qu'elles me détestaient. Pas Dominique avec son teint d'une chaude couleur olive et ses beaux yeux noirs ; pas Marisa avec ses cheveux cendrés, ses petits traits délicats ; pas Penelope avec ses yeux bleus enfantins, ourlés de cils épais, qui se remplissaient si vite de larmes ; pas Sybil, qui se rongeait les ongles au point que des gouttelettes de sang perlaient au bout de ses doigts ; pas Cassie, dont je me sentais proche comme d'une sœur, la seule à qui j'avais parlé du divorce de mes parents... Peut-être leurs bouches se tordaient-elles imperceptiblement. Peut-être étiraient-elles les syllabes (« Phi-lo-mèèèl ») pour que ce nom fasse ridicule, crié dans le restaurant universitaire ou dehors.

Où est Phi-lo-mèèèle ?

Au premier ?

On s'en fiche, non ?

Voilà ce que j'entendais. Quelquefois. Pas vraiment souvent. C'étaient mes amies. Je me bouchais les oreilles et me cachais dans ma chambre jusqu'à être sûre qu'elles soient parties.

Je relus l'histoire de Philomèle dans les *Métamorphoses* d'Ovide. Je ne m'étais pas rendu compte à quel point elle était horrible. Philomèle, une vierge, est violée brutalement par un homme qui aurait dû la protéger, son beau-frère Térée ; après le viol, Térée lui coupe la langue pour éviter qu'elle ne l'accuse. C'est une scène typique d'Ovide, vivante, cinématographique et sadique :

« Sous l'empire de ces deux sentiments [la colère et la crainte], il met à nu hors du fourreau l'épée pendue à sa ceinture et, saisissant la jeune fille par les cheveux, il lui replie les bras derrière le dos et l'entraîne de force. Philomèle tendait la gorge et, à la vue de l'épée, l'espoir de mourir était né en elle. Sa langue protestait encore, continuait à invoquer le nom de son père, faisait effort pour parler ; alors Térée, la saisissant avec des pinces, la coupa d'un brutal coup d'épée. La racine en palpite au fond de la bouche ; la langue elle-même, jetée sur le sol, agitée d'un tremblement, murmure ses plaintes à la terre qu'elle noircit de son sang. Comme on voit sursauter la queue coupée d'une couleuvre, elle palpite [1]... »

Mais la muette Philomèle n'est pas une victime passive. Avec l'aide de sa sœur fidèle, elle se venge atrocement de son violeur. Et finit métamorphosée en un oiseau à la poitrine « couleur de sang », comme l'avait dit Harrow d'un ton approbateur.

Une fin heureuse, donc.

Est-ce si sûr ?

1. Ovide, *Métamorphoses*, Garnier-Flammarion, traduction Joseph Chamonard *(N.d.T)*.

8. Brierly Lane

Octobre 1975

Elle avait demandé : *Et laquelle d'entre elles es-tu ?* Ce qui voulait dire, laquelle des étudiantes d'Andre Harrow. Il avait bien fallu que je lui dise mon nom.

Depuis cette rencontre dans le bureau de poste de Catamount, je n'avais plus suivi Dorcas. Je savais qu'elle me verrait et me reconnaîtrait. Elle m'aurait peut-être fait un signe de la main. Elle aurait peut-être ri.

Je me regardai dans la glace de ma commode. Torse nu, mes petits seins durs d'une pâleur de cire. Mon visage au repos semblable à un masque. Ma mère m'avait souvent reproché quand j'étais au lycée de ne faire « aucun effort » pour être jolie comme les autres filles. J'aurais pu sourire davantage, je suppose. J'aurais pu me barbouiller les lèvres de rouge.

Rêveusement, je pris à deux mains mes longs cheveux ondulés et scintillants, les soulevai et les laissai lentement glisser entre mes doigts. J'entendis la voix approbatrice de Dorcas à mon oreille.

Très belle.*

Je me renseignai sur Dorcas. Je sus que de temps à autre elle se prenait d'affection pour une étudiante et encourageait son mari à l'inviter dans leur maison de Brierly Lane. Ces soirées se caractérisaient par des repas délicieux et du vin ; des conversations intenses qui duraient à peu près toute la nuit.

Parfois une fille avait la chance d'être engagée comme stagiaire par Dorcas. Parfois, mais rarement, une fille était invitée à accompagner dans leur voyage Dorcas et Andre Harrow, qui passaient une grande partie de leurs étés en Europe.

Le bruit courait que, si les Harrow vous distinguaient de la sorte, mieux valait ne pas vous en vanter ni même en parler à vos meilleures amies, sous peine de ne plus jamais être invitée.

Le bruit courait que...

« Non. Les gens sont jaloux, voilà tout. Ils ne sont pas invités, tu comprends, ils entendent des choses, mais ils ne *savent* pas. Alors ils inventent. » Dominique me dit cela d'un ton moqueur. Depuis quelque temps, chaque fois qu'elle parlait d'Andre Harrow, sa voix prenait une intonation combative. Et, surtout, elle semblait m'en vouloir.

Je lui dis que M. Harrow avait critiqué mes poèmes avec sévérité. Je savais que cela l'adoucirait à mon égard, et ce fut le cas.

Je lui demandai si elle connaissait quelqu'un qui avait été invité chez les Harrow, et elle répondit aussitôt que non.

Je lui demandai si elle-même avait jamais été invitée. Elle rit et alluma une de ses éternelles cigarettes. « Absolument pas. Non. »

Je lui fis remarquer que, si elle l'avait été, elle ne me le dirait certainement pas. Je parlais d'un ton mélancolique, pas du tout accusateur. Dominique me caressa les cheveux et l'épaule ; elle me serra le poignet d'une façon qui me rappela désagréablement Andre Harrow. Ses yeux étaient injectés de sang par le manque de sommeil et l'abus de caféine ; Dominique était dans l'ensemble une excellente élève, mais de celles qui remettaient tout au lendemain au point d'être débordées et affolées de travail en fin de semestre. Une chaleur brûlante émanait de sa peau, comme si elle avait la fièvre. « Pourquoi veux-tu le savoir, "Phi-lo-mèèle" ? En quoi cela te regarde-t-il ? »

Mais Dominique rit pour me montrer que ce n'était qu'une taquinerie.

(En fait, selon Sybil, Dominique avait été vue plus d'une fois dans Brierly Lane après la tombée du jour. Elle avait été vue dans la voiture d'Andre Harrow à Great Barrington. Et dans la gare ferroviaire de cette ville, attendant le train de New York en compagnie du couple. Lorsque le poète John Berryman était venu faire une lecture à Catamount, à l'invitation d'Andre Harrow, Dominique avait été l'une des rares étudiantes de deuxième cycle conviées à la soirée organisée ensuite chez M. Harrow.)

Derrière la vieille ferme de Nouvelle-Angleterre se trouvait une structure étonnamment moderne, un atelier à la charpente en forme de A, presque entièrement de verre. C'était là que la sculptrice Dorcas travaillait.

Je savais aller au 99, Brierly Lane, bien que je n'y eusse jamais été invitée. Je savais comment y aller sans se faire voir, par-derrière.

D'autres maisons d'enseignants étaient entretenues avec un soin méticuleux, maniaque, mais pas celle de Dorcas et d'Andre Harrow. On voyait que les occupants du 99, Brierly Lane ne se souciaient pas des apparences, car la peinture comme le toit de leur maison auraient eu besoin d'être refaits. Leur pelouse était envahie de genévriers, de bouleaux, de jeunes arbres.

C'était le chemin de derrière que je connaissais le mieux. À travers les bois bordant le campus. Comme une somnambule, je m'approchai de la maison et me tins immobile, agitée de frissons, dans l'ombre ruisselante des pins... Il était tard. Une lune éblouissante brillait, masquée en partie par les nuages. Mes dents claquaient. Je me croyais, dans le noir, dans les bois derrière la maison, invisible pour ses habitants.

Je n'avais pas voulu venir là. Quelque chose m'y avait attirée.

Quelque chose, quelqu'un... *Très belle* *.

J'étais à un peu plus de cinq mètres de la maison. Je voyais, dans l'atelier de Dorcas, de hautes silhouettes massives et, au premier plan, une silhouette en mouvement. Dorcas travaillait tard, ses mains exécutaient des gestes répétitifs et lents, comme si elle frottait ou ponçait une vaste surface. De l'endroit où j'étais tapie, je ne voyais pas ce qu'elle portait, ni son visage. Mais j'imaginais son visage.

Et laquelle d'entre elles es-tu ?

Gillian... Je m'appelle Gillian.

Gillian ! Dorcas sourit. Un plaisir étrange, que l'on aurait presque pu prendre pour de la moquerie, brilla dans ses yeux. *J'aime ce prénom*, très indépendant. *Oui ? Tu l'es ?**

Oui, je crois.

Dorcas rit de nouveau, me serra le bras et s'en alla.

« Dorcas » : un nom grec signifiant « fille aux yeux noirs ».

Je m'étais rapprochée de la maison. J'avais les jambes mouillées jusqu'aux cuisses. Mon cœur battait plus calmement à présent, comme si j'avais longtemps nagé contre le courant mais que je fusse maintenant portée par lui, emmenée vers la rive.

Avec discrétion, je m'étais renseignée sur Dorcas à l'université. Sous le prétexte (qui n'en était pas un) d'admirer ses sculptures et d'espérer devenir un jour une de ses stagiaires. J'avais appris que Dorcas et Andre Harrow s'étaient mariés à Paris en 1961 ; que la mère de Dorcas était américaine et son père un mélange de Français, de Hongrois et de Grec.

J'avais appris que c'était le second mariage de Dorcas, qu'elle était légèrement plus âgée qu'Andre Harrow. Qu'elle avait peut-être eu avec son premier mari un enfant, qui vivait maintenant en Europe.

Dorcas et Andre Harrow n'avaient pas eu d'enfant ensemble.

M. Harrow parlait de D. H. Lawrence comme du grand prophète du XXe siècle. Le dieu de Lawrence était le dieu de la sensation physique immédiate, un dieu destiné à anéantir tous les autres dieux. Lawrence dénonçait l'« édifice pourri » de la moralité capitaliste bourgeoise. *Où est le passé ? Où est l'avenir ? Qu'existe-t-il d'autre pour nous que le moment présent ?*

Nous, les étudiantes de M. Harrow, étions incapables de réfuter cette logique.

Nous croyions, ou souhaitions croire, que c'était vrai.

Brusquement, je vis… quoi ?… quelqu'un d'autre dans l'atelier de Dorcas. Etait-ce Andre Harrow ? Mon cœur s'emballa : je crus reconnaître ses cheveux, sa barbe. Sa façon de se tenir un peu de biais, avec un air sournois, comme s'il vous épiait du coin de l'œil. Mais, alors que je regardais de tous mes yeux, je vis que deux personnes entraient dans l'atelier. Un homme, et une fille ou une jeune femme. L'homme était Andre Harrow, la fille avait des cheveux blond cendré.

Marisa ?

Ma jalousie avait un goût de bile. Je remarquai l'ensemble avec lequel ils se déplaçaient, tous les trois. Comme des créatures sous-marines. En même temps qu'une lumière était baissée, comme si une décision avait été prise. Lorsque je regardai de nouveau, l'atelier était plongé dans l'obscurité. Il n'y avait rien à voir.

Où étaient-ils allés ? (Au premier ?)

Il n'y avait qu'une pièce allumée à l'étage.

J'étais très fatiguée, tout à coup. Mon cerveau me faisait mal ; des impressions vives et violemment scintillantes s'y entrechoquaient comme les vagues d'un torrent tumultueux. On tend les mains pour enfermer l'eau dans ses paumes, pour en ralentir le passage de ses doigts… mais on ne peut pas.

9. Fausse alerte

Octobre 1975

Pas cette nuit-là, mais la nuit suivante, nous fûmes réveillées dans nos lits de Heath Cottage par une sirène assourdissante.

Celles d'entre nous qui dormaient furent réveillées. J'étais épuisée, je dormais d'un sommeil lourd… Dominique m'avait donné deux de ses barbituriques sur ordonnance : des « atterrisseurs », comme elle les appelait avec tendresse.

« Parfois tout ce que tu souhaites, c'est qu'on te ramène sur terre. Bien, bien bas. Ces cachets feront l'affaire, Jilly. »

Jilly ! Dominique ne m'avait encore jamais appelée ainsi.

Et puis, vers 4 heures du matin, un signal d'alarme fut déclenché dans Heath Cottage. Au rez-de-chaussée, dans le couloir juste après les boîtes aux lettres. C'était notre première fausse alerte à la résidence. Mais comment aurions-nous pu savoir que c'était une fausse alerte ? On se lève en titubant, hébétée, affolée, on cherche à tâtons un manteau, des chaussures… si effrayée que l'on claque des dents, que l'on grelotte convulsivement avant même de dégringoler l'escalier et de se retrouver dehors dans le froid.

Cassandra ! Penelope ! Dominique ! Gillian !

La responsable de la résidence criait nos noms.

Cathy ! Joan !, Marisa… Où est Marisa ?

Nous nous étreignions, titubant comme des filles soûles. De nous toutes, Dominique était la plus flamboyante : celle qui avait de la « personnalité ». Elle ne s'était pas encore déshabillée pour la nuit. Elle avait les yeux immenses, farouches. Le visage de Cassie disparaissait sous un masque de beauté pâle et luisant qui sentait le Lysol. Penelope pleurait sans pouvoir s'arrêter, et riait en même temps.

« C'est vraiment absurde, bon Dieu ! Il n'y a pas d'incendie.

— Comment le sais-tu ?

— Ça se sent, nom d'un chien ! Les trucs qui brûlent, ça *pue*. »

La voiture des pompiers de Catamount fut très vite sur les lieux mais, effectivement, les volontaires mécontents ne trouvèrent pas de feu à éteindre. C'étaient des types assez jeunes, et mal rasés. Ils nous regardèrent comme si nous étions nues. Seul leur chef était plus âgé, un grand homme chauve à la voix de mégaphone. Autoritaire, grossier. Il s'entretint avec un vigile, un Noir à la peau claire nommé Jonas, que nous connaissions et aimions. À peu près au même moment, il se mit à pleuvoir.

Un petit attroupement se formait sur la route, à côté de notre résidence, bien que l'on eût annoncé qu'il n'y aurait pas d'incendie ce soir-là.

Je me demandais si, dans Brierly Lane, Dorcas et M. Harrow avaient été réveillés par le tumulte. Je l'espérais.

Et si quelqu'un se trouvait avec eux, j'espérais qu'elle avait été réveillée aussi.

Les pompiers partaient. Il y avait eu quelques échanges de sourires. Nous savions confusément qu'ils étaient tous mariés ; les hommes de la région se mariaient jeunes et avaient aussitôt des enfants. Dominique avait tapé une cigarette à l'un des pompiers et fumait sous la pluie. « C'est bizarre, dit-elle. J'ai envie de danser ! Qui peut aller se coucher après ça ?

— Ouais. C'est décevant, en un sens, qu'il n'y ait pas de feu.

— Vous êtes folles, toutes les deux ! C'est terrible, un incendie !

— Oui, mais... »

Marisa avait le visage renfrogné et bouffi de qui a été tiré brutalement du sommeil. Elle nous avait rejointes, grelottante dans la veste en peau de mouton que lui avait donnée son petit ami de Dartmouth.

« C'est si injuste ! J'ai un examen de biologie à 10 heures demain matin. Encore un coup de ce genre et je quitte cette foutue fac.

— Où étais-tu, Marisa ?

— Quoi ? Où j'étais ? Et vous, vous étiez où ? »

Le lendemain, nous fûmes interrogées l'une après l'autre par le doyen des étudiants et le responsable de la sécurité. Nous, les douze résidentes de Heath Cottage. C'était la plus petite des résidences où avait été déclenchée une fausse alerte et l'on supposait donc, assez raisonnablement, que l'on parviendrait peut-être à identifier la coupable. Il était possible qu'elle souffre de troubles émotionnels, qu'elle avoue spontanément.

Je ne fus jamais sérieusement suspectée, je pense. La responsable de la résidence m'avait vue descendre l'escalier en titubant, l'air hébété et pâle de saisissement, tant les barbituriques m'avaient plongée dans un sommeil profond.

Cassie, qui avait accepté en septembre de consulter une assistante psychologique, se plaignit avec amertume d'avoir eu droit à un interrogatoire prolongé. Nous fûmes indignées pour elle. C'était si injuste ! Catamount College pressait ses étudiantes hypernerveuses de « demander assistance » si elles avaient des problèmes émotionnels ; et, lorsqu'elles le faisaient, on les soupçonnait de comportements déviants.

Je me dis : *Je ne commettrai jamais cette erreur. Pas moi !*

Le lendemain de la fausse alerte, j'étais comme un zombi. J'avais la gorge desséchée, ne cessais de déglutir machinalement. Mes yeux étaient secs, sans larmes. Je m'assoupis pendant les cours de mes professeurs. *Plus de calmants,* dirais-je à Dominique.

Dominique (qui, comme d'autres filles de Catamount, avait une provision de pilules pour chaque occasion) me proposa un « bennie » – de la Benzédrine ? – pour me remonter le moral. *Non merci !* répondis-je catégoriquement. Je voulais affronter les yeux ouverts ce que l'on appelle la réalité.

J'en ai fait un des principes de ma vie. Je me demande parfois si la décision était sage.

La coupable ne fut jamais démasquée. Soit c'était une menteuse de génie, soit elle n'habitait pas Heath Cottage, en fin de compte. Et personne ne fit d'aveux spontanés. La responsable de la résidence, une jeune femme à peine plus âgée que nous, avança qu'une étudiante d'une autre résidence avait pu pénétrer dans Heath Cottage, s'y cacher jusqu'à la nuit, puis déclencher l'alarme et s'enfuir. Il y avait toujours beaucoup de va-et-vient. Des amis qui venaient en visite, y compris des garçons d'Amherst, de Williams, de l'université du Massachusetts. La porte d'entrée n'était fermée à clé qu'à minuit. Et parfois même pas du tout. On ne cessait de nous reprocher notre manque de prudence…

Je dis, exaspérée : « Ce serait presque un soulagement, vous ne trouvez pas… si l'une d'entre nous était prise, ou qu'elle avoue. »

À la façon dont elles me regardèrent, je compris que j'avais lâché une énormité. J'avais dit quelque chose que personne d'autre n'aurait souhaité dire.

10. Le baiser

Novembre 1975

Un pur hasard, notre rencontre. M. Harrow dut le penser.

Cet après-midi de novembre, entre crépuscule et nuit, où Andre Harrow m'embrassa pour la première fois.

Je m'étais sentie pleine d'audace, de culot. Je me disais : *Pourquoi ne puis-je pas être Dominique, juste cette fois ?*

Nous nous rencontrâmes, nous mîmes à marcher de conserve, sur le chemin enneigé derrière la bibliothèque. Les conifères croulaient sous la neige, nos haleines fumaient dans l'air glacé. C'était romantique !

« Gillian ? Je pensais bien que c'était vous.

— Bonjour, monsieur. »

Le professeur Andre Harrow marchait d'un pas vif, une serviette à la main, vêtu d'une veste bleu marine et coiffé d'un bonnet d'astrakan noir. Il hésita en me voyant. Puis il sourit en découvrant les dents. Je frissonnai comme si ces dents avaient frôlé ma peau.

La cloche de la chapelle sonna la demie : 5 heures et demie.

Dans le Berkshire, en cette saison, la nuit arrive vite. Elle monte de la terre comme une marée ténébreuse.

Au cours de notre atelier du matin, M. Harrow avait été moins patient que de coutume avec nous. Il avait tarabusté l'ennuyeuse et asthmatique Catherine jusqu'à lui tirer des larmes. Il avait eu des compliments, dans une certaine mesure, pour Dominique ; mais pas pour le reste d'entre nous. Nous avions senti la brûlure de son fouet. Nous avions grimacé en nous mordant les lèvres pour ne pas pleurer, sachant qu'il avait raison.

« Le jet de sang est poésie. » *Frappez à la jugulaire.*

Et maintenant, par hasard, nous nous étions rencontrés, nous marchions ensemble sur le chemin enneigé derrière la bibliothèque. En direction des terrains de sport et des bois. Catamount Creek avait gelé. La senteur des aiguilles sèches était plus forte que jamais.

Nous parlions. M. Harrow parlait. Son humeur n'était jamais prévisible et il semblait maintenant qu'il fût ragaillardi, revigoré ; il me souriait de biais comme s'il ne savait pas avec certitude qui j'étais, ou ce que je voulais. Et je me sentais hardie, grisée. Je me demandais pourquoi je ne pourrais pas être Dominique, juste un court moment ?

J'enviais le teint olivâtre de ma belle amie, ses yeux chauds et humides, son rire rauque et ses lèvres pleines.

Des lèvres faites pour embrasser. Des lèvres faites pour être embrassées.

La cloche de la chapelle. Un son doux mais mélancolique.

Cassie m'avait confié qu'elle avait consulté une assistante psychologique parce qu'elle avait des pensées « qui s'embrouillaient », « qui se bousculaient », « qui tournaient autour de la façon de se faire du mal ». Je l'avais serrée dans mes bras en lui disant que ce n'était rien.

Mais était-ce le cas ? Qu'est-ce qui n'était rien, au juste ?

Douze jours s'étaient écoulés depuis la fausse alerte. Il n'y avait pas eu d'autre alerte, réelle ou fausse, depuis cette nuit-là.

Sybil était à l'infirmerie. Ou peut-être était-elle rentrée chez elle pour se soigner. Mononucléose ? Hépatite ? Nous posâmes des questions, nous étions inquiètes pour notre amie, mais personne ne voulut rien nous dire, à part que Sybil serait absente jusqu'à Thanksgiving.

En constatant l'absence de Sybil, M. Harrow se contenta de froncer les sourcils. Il était rare que notre professeur fasse le moindre commentaire sur l'une d'entre nous quand elle n'était pas là ; nous y voyions un signe de tact.

En fait, lorsque Marisa annonça que Sybil serait sans doute absente jusqu'après Thanksgiving, M. Harrow la remercia de l'information mais en resta là.

Plus tard, il nous dit : « Il y a une règle cardinale dans mes ateliers : faire en sorte que je ne m'emmerde pas à mort avec vous. »

Dans l'amour de loin, il y a tant à inventer.

Je me demandais : Dominique cherchait-elle à reconquérir M. Harrow, ce semestre-là ? Dorcas le savait-elle ? Existait-il un triangle Dorcas, Andre Harrow, Dominique Landau ? Mais il y avait aussi Michelle, Michelle et son teint terreux. J'avais vu le regard qu'elle et M. Harrow avaient échangé. Et il y avait Marisa.

Dans nos ateliers, Marisa avait beaucoup de présence, elle aussi. Elle me semblait parfois plus belle, ou en tout cas plus fascinante, que Dominique. Toutes deux se disputaient la faveur de M. Harrow. (Mais je n'étais plus aussi sûre d'avoir vu Marisa dans l'atelier de Dorcas, ce fameux soir. J'avais juste entraperçu une fille ou une jeune femme aux cheveux blond cendré ; je n'avais pas vu son visage. Les lumières avait été si vite baissées. Les silhouettes avaient si vite disparu. Pour aller où ? En haut, dans la chambre à coucher ?)

M. Harrow marchait avec moi en lisière du campus. Au-dessus de nous, un ciel de nuages en lambeaux, chassés par le vent, éclairés de temps à autre par la lune. En le contemplant, on avait l'impression de plonger le regard dans un torrent d'eau noire où se reflétaient des éclats de lumière. Le bras de M. Harrow, sa main gantée frôlaient mon bras. À un endroit, le chemin était verglacé, mon pied glissa, et il me rattrapa. « Vous êtes une si petite fille, Gillian, dit-il. Vous devez peser quarante kilos. »

Je ris, embarrassée. Je pensais à la chair ferme et voluptueuse de Dorcas.

« On ne peut déterminer à la lecture de vos poèmes si vous avez un amant. Des amants ? Vous êtes d'une circonspection exaspérante. »

Avec un rire de gorge à la Dominique, je répondis : « Mais je pensais que c'était ce qui caractérisait la poésie, monsieur : la circonspection. Sinon, ce ne serait que du bavardage.

— C'est très bien dit, Gillian. Vous dites toujours si bien les choses. »

Je dus l'imaginer : une faible odeur de vin ? de whisky ? parfumant l'haleine de M. Harrow. Et l'odeur musquée du cigarillo hollandais qui ne se dissipait pas, même en plein air.

Nous marchions en lisière des bois. Personne aux alentours. Au loin, des voix, des rires féminins. M. Harrow parlait des grands visionnaires modernistes. Yeats, Joyce, Lawrence. La fin apocalyptique de *L'Arc-en-ciel* où Ursula, enceinte, est menacée par un troupeau de chevaux magnifiques. Ce qui est simplement humain en elle est anéanti par ces bêtes ; elle est libérée de ses attaches humaines, et l'arc-en-ciel lui apparaît comme une vision de transformation. En lisant cette prose extraordinaire, j'avais été profondément émue. Je m'étais identifiée à Ursula, tout en sachant que je n'avais pas la volonté féroce de la jeune femme. M. Harrow disait : « La sagesse de Lawrence, comme celle des Anciens, est la suivante : on ne peut nier l'Eros. On ne peut résister à l'Eros. Il frappe comme l'éclair. Nos défenses humaines sont fragiles, ridicules. Des maisons de placoplâtre dans un ouragan. Votre triomphe réside dans une soumission parfaite. Le dieu de l'Eros se répandra alors en vous, comme dit Lawrence, dans "l'effacement parfait de la conscience du sang". »

Le froid me mordait les joues. J'avais conscience de la présence masculine de M. Harrow, de sa présence physique. Nous étions seuls, j'eus soudain peur et tâchai de réfléchir. Qu'aurait fait Dominique à ma place ? Que faisait Dominique avec Andre Harrow ? Je me rendais compte que j'avais inconsidérément franchi une frontière. En accompagnant cet homme, qui aurait pu être n'importe quel homme, hors de la zone éclairée du campus et dans l'obscurité où nous n'avions pour nous guider que les lumières intermittentes des lampadaires, je me conduisais comme l'Ursula farouche et passionnée de *L'Arc-en-ciel*, mais je n'étais pas Ursula, je n'étais pas Dominique, j'étais Gillian.

M. Harrow avait demandé si j'avais un amant. Des amants.

Les garçons que je connaissais étaient des intellectuels excitables et livresques comme moi. En proportion des imperfections de sa peau, un garçon est porté à l'ironie. Même lorsqu'ils n'étaient pas affligés de timidité physique, mes petits amis n'avaient pas l'assurance de l'expérience. Ils tentaient parfois un genre de rapports sexuels enthousiaste et maladroit, mais ce n'étaient pas des « amants ». Le plus souvent, nous parlions. Nous en savions trop, et pourtant pas assez.

Et dans mon imagination la figure d'Andre Harrow planait toujours entre moi et ces garçons.

N'ayez pas peur, notait M. Harrow avec insistance sur mes poèmes.

Allez plus profond !

Cherchez le point le plus faible. Frappez à la jugulaire.

Brusquement il fut en train de m'embrasser. Il m'agrippait par les épaules et pressait sa bouche, qui avait un goût de tabac, et d'autre chose, contre la mienne. Ce n'était pas un baiser, juste une pression. Un baiser cuisant. Un baiser mordant. Plein de hâte, et de colère. Je trébuchai, le repoussai vaguement. Nous étions... où cela ? Pas aussi loin du campus que je l'avais cru mais derrière un bâtiment plongé dans l'obscurité. Derrière les courts de tennis. Un homme se penchait sur moi, excité, impatient, m'ouvrait les lèvres de force, essayait d'introduire sa langue dans ma bouche, mais je m'affolai et résistai. J'étais trop déroutée pour répondre à ce baiser. C'était une réaction animale, irréfléchie. Comme si j'avais oublié que cet homme, qui me touchait enfin comme j'en rêvais depuis des mois, était Andre Harrow…

Un vertige me prit et, sans douceur, M. Harrow me maintint debout. « Gillian ? Hé ! je plaisantais. »

Il était furieux. Mais amusé. Il était assez mûr pour être amusé. Il m'empoigna avec fermeté par le coude et me ramena vers le campus. Il se montrerait protecteur, à présent. Il se montrerait abrupt et brusque. Il fournirait le récit, l'interprétation de ce qui s'était passé, ainsi qu'il le faisait dans ses conférences et ses ateliers.

« C'était un regrettable malentendu, Gillian. Rien de plus. »

Comme s'il m'avait frappée au lieu de m'embrasser.

11. La disparue

Novembre 1975

Sybil ne reviendrait pas après Thanksgiving, en fin de compte.

Un dimanche soir, nous essayâmes de lui téléphoner. Nous étions cinq et comptions lui parler à tour de rôle. Nous voulions surtout lui dire qu'elle nous manquait. Autant à Heath Cottage que dans notre atelier de poésie.

Nous lui dirions aussi qu'elle manquait à M. Harrow.

Bien qu'il n'eût pas prononcé un mot à son sujet. Bien qu'il eût retiré la onzième chaise de notre table de TP pour la mettre dans un coin de la salle. À la façon dont les chaises restantes étaient réparties autour de la table, on aurait juré que personne ne manquait.

Ce fut la mère de Sybil qui décrocha. Elles habitaient une banlieue de Providence, dans le Rhode Island ; de nous cinq, seule Cassie était allée voir Sybil chez elle. Mme Merchant nous dit que sa fille ne pouvait pas venir répondre au téléphone, qui la demandait, s'il vous plaît ? Entendre la mère de Sybil parler à la place de Sybil, la protéger, nous la fit paraître très jeune, tout à coup. Nous dîmes : « Sybil nous manque. Elle… nous manque beaucoup. Elle va bien ? » C'était une question maladroite. Nous savions que Sybil n'allait pas bien. Mme Merchant répliqua aussitôt que Sybil allait bien, que Sybil était en très bonne voie, mais qu'elle se fatiguait vite et ne pouvait nous parler ce jour-là. Elle avait une voie aiguë et nasale. Peut-être parce que notre appel la contrariait et qu'elle s'efforçait d'être polie. Nous voulûmes laisser un message à Sybil mais Mme Merchant nous interrompit : « écrivez à ma fille, s'il vous plaît. Ne téléphonez plus. Je regrette, mais je vais raccrocher maintenant. »

De quoi souffrait Sybil, pourquoi était-ce un secret ? Personne à Heath Cottage ne semblait le savoir. Mais, naturellement, il y avait des théories.

Un soir où la cloche de la chapelle sonnait 11 heures, Cassie se mit à frissonner. « Cette cloche ! Sybil disait qu'elle lui faisait peur parce que c'était si beau, la nuit, mais en même temps si triste. Ça la faisait penser à... » Cassie s'interrompit avec tact, cherchant le mot juste. Pas un mot grossier. *La mort. Le suicide ?*

J'eus peur, tout à coup. « Sybil a-t-elle essayé de se suicider ? » demandai-je.

Le visage de Cassie se ferma comme un poing. Avec raideur, elle dit : « Je regrette, Gillian. Même à *toi*, je ne répéterai pas les confidences de Sybil. »

(Je restai longtemps éveillée à me demander pourquoi Cassie avait autant insisté sur ce *toi*. Voulait-elle dire qu'elle ne trahirait pas son amie Sybil même pour moi, une amie plus intime que Sybil ; ou qu'elle ne trahirait pas Sybil même pour moi, qui ressemblais tellement à Sybil ? Et dans ce dernier cas, *en quoi ressemblais-je à Sybil ?)*

Peu de temps après, la mère de Sybil et une sœur aînée mariée vinrent à Catamount en voiture récupérer ses affaires et débarrasser sa chambre. Je fus étonnée : Mme Merchant était presque aussi âgée que ma mère, une femme d'une cinquantaine d'années à l'air épuisé. Mais peut-être était-ce le chagrin qui l'avait vieillie. Elle fut polie avec nous mais très réservée. Lorsque nous lui demandâmes comment allait Sybil, elle dit : « Bien. Sybil va bien. » Au premier étage, je me présentai et leur proposai mon aide. Je vis Mme Merchant et sa fille aînée hésiter, échanger des regards. « Ce serait gentil... », dit Mme Merchant.

Sa bouche remua sans produire de son, elle avait déjà oublié mon nom.

Je fus chargée de ranger les papiers et les livres de Sybil. De vider les tiroirs de son bureau. J'avais une certaine prédilection pour l'ordre, le classement, et m'en tirai donc bien. J'espérais découvrir des poèmes de Sybil, ou un journal, quelque chose qu'elle n'avait jamais présenté à l'atelier, mais elle avait dû emporter ce genre de papiers privés ou les détruire.

Je trouvai seulement, au fond d'un tiroir où s'entassaient les notes de ses cours de géologie, d'introduction à l'anthropologie et d'allemand, une photo Polaroïd de Sybil devant une sculpture en bois grandeur nature d'une femme primitive. Un des totems de Dorcas ! Un totem que je reconnus pour l'avoir vu à l'exposition du printemps précédent. Sybil avait les poings sur les hanches, comme la sculpture ; elle avait la tête rejetée en arrière, comme la sculpture. On l'avait fait poser, mais par jeu. Elle avait l'air d'avoir bu ou de planer. Ses cheveux bruns broussailleux étaient coupés court, ce qui signifiait que le Polaroïd avait été pris ce semestre-là ; l'année précédente, Sybil avait eu les cheveux longs. Je vis que c'était une fille à la beauté anémique et à l'expression boudeuse. Elle avançait toujours les lèvres, comme pour un baiser. La photo n'était pas très flatteuse parce qu'elle avait cligné les yeux au mauvais moment. Sybil portait une de ses jupes indiennes vaporeuses et, apparemment, rien dessous ; on voyait un triangle sombre à la fourche de ses jambes minces. Son chemisier était transparent, lui aussi. Elle avait des seins respectables, avec des mamelons foncés pareils à de petits yeux. Je glissai le

Polaroïd dans ma poche sans être vue ; je l'examinerais souvent en privé.

Il avait dû être pris dans l'atelier de Dorcas. Je me demandais par qui.

12. « Spécimens anatomiques »

Novembre 1975

N'ayez pas peur : fouillez au fond de vous-mêmes.
Allez plus profond !
Vous ne pouvez pas ? Allez plus profond.
Cherchez la jugulaire.

Mais je ne pouvais pas. Seule de toutes les étudiantes de M. Harrow, j'étais apparemment incapable de suivre ses instructions.

Car nous tenions maintenant un journal, dont nous lisions des extraits au début de chaque atelier. M. Harrow s'était lassé de nos efforts poétiques. Comme un père déçu par ses enfants mais cependant lié à eux par des liens affectifs, ne se résolvant pas à perdre tout espoir, il avait insisté pour que nous tenions un journal « intime, sincère » avant d'écrire nos poèmes. Il ne voulait « ni mensonge, ni subterfuge, ni cucuterie de “petite fille sage” ». Nous devions raconter nos rêves, nos fantasmes, nos espoirs, nos visions ; nos relations intimes avec parents, frères et sœurs, amis, amants ; nous devions explorer nos vies affective, physique, sexuelle, comme si nous étions des « spécimens anatomiques ». Si nous voulions devenir des écrivains, nous devions explorer le monde avec des yeux neufs et sceptiques.

M. Harrow nous mettait particulièrement en garde contre les dangers de l'autocensure, de l'« autocastration ».

Dominique demanda effrontément : « Andre ? Techniquement parlant, les femmes peuvent-elles être castrées ?

— Les femmes *sont* castrées, ma chère, répondit M. Harrow. Vous devez vous efforcer de renverser votre pitoyable situation. »

Nous rîmes à perdre haleine. Mais M. Harrow ne souriait pas.

Depuis le « malentendu » entre M. Harrow et moi, je me savais isolée dans l'atelier. Ma fragile petite barque était ballottée, désemparée. M. Harrow se montrait maintenant d'une politesse froide à mon égard. S'il souriait, son sourire était ironique. Il ne me taquinait plus en m'appelant « Philomèle » ; il ne m'appelait pas « Gillian » non plus. Il ne se tournait jamais vers moi pour me demander mon opinion. J'étais assez naïve pour penser que, comme moi, il regrettait ce qui s'était passé ; je fus longue à comprendre qu'il était furieux et devrait être apaisé.

Il était le père qui refuse de donner son amour, avec des résultats désastreux.

Je pensais à Sybil. En écoutant la cloche sonner l'heure, le quart, la demie. Toute la nuit. Je me demandais combien d'étudiantes de Catamount cherchaient le sommeil en écoutant ce son à la fois mélancolique et rassurant. *Il y a une solution. Tu connais la solution.*

Je me demandais quelle méthode Sybil avait essayée. Si elle avait tenté de s'ouvrir les veines, nous l'aurions su. Une surdose de médicaments ? Je m'efforçais de me rappeler dans quelles circonstances elle avait quitté Heath Cottage, la dernière fois où je l'avais vue, mais je n'y parvenais pas.

Andre Harrow savait peut-être. Dorcas savait peut-être.

Dans notre atelier, mes amies avaient dû remarquer le changement d'attitude de M. Harrow à mon égard. Curieusement, pourtant, aucune d'elles n'en disait mot.

Dans l'ensemble, il m'ignorait. Mais lorsqu'il ne pouvait le faire, ses éloges étaient subtilement railleurs : « *Très* bien fait. Un poème qui s'apparente à des mots croisés, hein ? »

Les autres, sentant ma vulnérabilité, passaient à l'attaque. Etaient-elles jalouses de moi depuis des mois ? Sonnets, sizains ! Assonances complexes ! Je fus choquée et blessée que Penelope, qui avait toujours déclaré admirer ma poésie, se montre maintenant méprisante : « Un poème n'est pas censé ressembler à des mots croisés, n'est-ce pas ? Un poème devrait *chanter*. » Feignant de s'exprimer à contrecœur, Dominique disait qu'elle trouvait « suprêmement géniale » la façon dont Gillian faisait rimer les mots « les plus bizarres » : « On apprend toujours quelque chose de ses poèmes, ça, c'est sûr, parce qu'on cherche les mots dans le dictionnaire », mais, au bout du compte, « il faut bien dire que ça n'intéresse personne ». Marisa secouait ses cheveux duveteux et fronçait les sourcils comme si ma poésie était une énigme trop ardue pour être résolue. Il y avait la dédaigneuse Catherine, et il y avait Robin... J'écoutais en silence. Je n'avais qu'une envie, fuir pour cacher mon humiliation, mais je n'allais pas leur donner cette satisfaction.

Qu'avais-je à faire de l'opinion de ces filles ? Seule celle d'Andre Harrow m'importait. Je l'aimais toujours.

« Un journal est une hache pour la mer gelée en nous », ainsi M. Harrow paraphrasait-il Kafka. « À condition qu'il soit sincère. Qu'il n'épargne rien. »

La tenue de notre journal se mit à nous obséder. Au point de nous faire négliger nos autres cours. Les ateliers de poésie d'Andre Harrow duraient plus que les deux heures prévues, souvent au delà de trois heures, et nous laissaient épuisées ; ils avaient lieu le mardi et le vendredi, et devinrent peu à peu le point central de nos existences. L'atmosphère y était tendue, électrique. Aucun professeur ne nous écoutait avec la concentration, avec l'attention d'Andre Harrow. Certaines d'entre nous lisaient d'une voix forte et dramatique, d'autres d'une voix basse et timide. Parfois M. Harrow nous interrompait d'une exclamation : « Très beau » ou : « Relisez, s'il vous plaît ». Mais très souvent il trouvait notre travail décevant. « Gonflant », comme il disait peu élégamment. Il abattait son poing sur la table de TP, faisant trembler nos gobelets de café en polystyrène et nos stylos, comme s'il se sentait personnellement insulté.

Qu'un homme adulte, un professeur d'université, accorde autant d'intérêt au travail d'étudiantes de troisième année..., cela ne nous paraissait pas étrange et déroutant, mais merveilleux.

Ou, quoique étrange et déroutant, merveilleux tout de même.

Au moins intéresse-toi à moi. Si tu ne peux m'aimer.

Au moins ne m'ignore pas...

Il y en avait que la nouvelle tâche assignée par M. Harrow inspirait et qui s'en sortaient mieux. Du moins était-ce l'avis de M. Harrow. Dominique, Penelope et Marisa firent vite figure de rivales. Leurs poèmes étaient maladroits, informes, mais leur journal souvent fascinant. Elles avaient suivi les instructions de M. Harrow concernant l'« autocensure » et racontaient avec franchise des secrets intimes. Avec une prédilection pour l'enfance, les souvenirs traumatisants et dégradants. Les premières expériences et anxiétés sexuelles. Elles décrivaient leur corps, ce qu'elles aimaient et détestaient dans leur anatomie ; elles décrivaient le corps des autres, parents, amants, jusque dans le moindre détail. Elles décrivaient des fantasmes et des actes sexuels sensationnels et violents. Elles se surpassaient l'une l'autre dans la description de leurs menstruations. Dominique excellait dans les envolées « acidulées », maniaco-lyriques. (Ces week-ends à Dartmouth et Williams...) Mais nous fûmes surtout étonnées d'apprendre qu'elle avait des ancêtres barbadiens « bruns », comme elle disait : la famille de sa mère était originaire de la Barbade, il y avait du « sang mêlé » quelque part, et Dominique se considérait donc comme « une Noire à la peau claire » qui « prenait un super-pied à baiser des Blancs. Ça m'excite vraiment, vous voyez, parce que je me dis : est-ce que ce mec sait qui *je suis* ? » Les parents de Dominique étaient en instance de divorce, elle venait de l'apprendre, mais c'était une bonne nouvelle parce que son père était alcoolique et brutalisait depuis longtemps sa famille ; il avait crevé le tympan de Dominique quand elle avait six ans, et envoyé plus d'une fois sa mère à l'hôpital. C'était un « gros avocat d'affaires » enclin à la cruauté et au sadisme. Dans des poèmes connexes type « flux de conscience », Dominique faisait allusion à des abus sexuels... M. Harrow était impressionné. S'il avait complimenté Dominique auparavant, il le faisait maintenant encore davantage. « Nous avons là la matière du cauchemar, et donc la matière d'une grande œuvre en puissance. »

Penelope avait également eu une enfance perturbée. Son père buvait, lui aussi, et sa mère avait fait plusieurs tentatives de suicide, que l'on passait toujours sous silence – « rien de désagréable n'arrive jamais à Cincinnati », dit ma grand-mère. Penelope avait été mise en pension dans une école privée de filles où il n'y avait « que des débutantes » mais un jour, en rentrant chez elle, elle avait découvert sa mère nue et sans connaissance sur le sol de la salle de bains, les poignets tranchés... « J'avais quinze ans. Ce n'était pas la première fois. Je me suis contentée de la regarder. Je me disais : j'appelle l'ambulance, ou je ferme la porte et je fais comme si je ne l'avais pas vue ? » Penelope lut ce passage d'une voix tremblante d'excitation. Nous étions fascinées. Une fille en général douce et gentiment drôle, une étudiante régulière (B + de moyenne) dans la plupart des matières, dont la peau pâle et sensible se couvrait de plaques quand elle était énervée (c'était le cas à présent : une rougeur brûlante comme un coup de soleil lui barrait le front). Nous avions été plus proches en première année, mais j'avais toujours admiré son solide bon sens et son sérieux. Et voici qu'elle disait : « Je me suis décidée : j'ai fait le 911. Bien sûr ! Ma mère me manipulait comme une marionnette. *Je suis une marionnette entre les mains d'autrui.* » Elle leva les yeux, vit l'attention avec laquelle nous la regardions ; des larmes de conviction et de vertu brillaient dans ses yeux bleus enfantins. « Mais, si je suis une marionnette, je compte choisir qui sera mon maître. *À partir de maintenant.* »

Sa lèvre inférieure tremblait. Je voyais qu'elle mourait d'envie de glisser un regard vers Andre Harrow qui, à l'autre bout de la table de TP, la contemplait avec avidité. Mais elle résistait.

« Bravo, Penelope ! dit M. Harrow. Voilà une matière forte pour des poèmes. Digne des mythes grecs. Vous avez trouvé la jugulaire ! »

Néanmoins, au bout d'une demi-douzaine de ces séances, Marisa apparut comme la véritable star. Tout en lisant ou en récitant des extraits de son journal, elle fumait, en tirant des bouffées désinvoltes et théâtrales de sa cigarette ; elle prenait des cours de danse depuis l'âge de quatre ans et quittait souvent son siège pour aller et venir rêveusement dans la salle. Elle captivait notre attention : une fille fragile aux allures de poupée avec une crinière de cheveux blond cendré et un beau visage en forme de cœur, à qui l'on aurait donné quatorze ans plutôt que vingt. Même pendant les hivers glaciaux des Berkshire, Marisa portait souvent des jupes et des chemisiers vaporeux – des jupes portefeuilles qui lui tombaient aux chevilles, et des chemisiers décolletés qui nous permettaient de voir à quel point elle avait maigri depuis quelques mois, ses clavicules péniblement saillantes et ses petits seins crémeux. Marisa semblait avoir choqué jusqu'à M. Harrow par la description imagée et détaillée des abus sexuels dont elle avait été victime à huit ans de la part d'un cousin plus âgé. « Un ami intime de la famille » et un « instituteur très aimé » avaient poursuivi ces abus pendant des années. Lorsque Marisa avait eu douze ans, cependant, elle avait eu son premier amant « librement choisi » – un élève de terminale. Quoique ne sachant rien de ses activités sexuelles, sa mère lui avait fait prendre la pilule « pratiquement avant » qu'elle ait ses premières règles, à l'âge de treize ans. (Marisa était la fille d'un producteur en vue d'ABC-TV et d'une ex-actrice ; ils habitaient dans le comté de Westchester, pas très loin de chez moi. Mais Marisa n'avait jamais été une de mes amies intimes à Catamount.) À présent, nous apprit Marisa, elle était amoureuse de X. « Et ma foi, aussi de Y et de Z », dit-elle d'un ton provocant, en écartant ses cheveux de ses yeux et en coulant un regard vers M. Harrow. Il n'y avait pas longtemps qu'elle avait rencontré Z – un « homme de trente-deux ans » – qui vivait à Manhattan et travaillait dans une galerie ; lorsque ses parents pensaient qu'elle passait le week-end à Yale, par exemple, il y avait de grandes chances qu'elle soit dans le loft new-yorkais de Z en train de « s'envoyer en l'air. Et pas qu'un peu ! ». Elle craignait toutefois que Z ne fût bisexuel ; elle avait vu un « grand Jamaïcain superbe » fourrer quasiment les mains dans le pantalon de Z pendant une soirée… Elle avait des flashs après certaines de ces soirées, comme si sa tête allait exploser. Des voix lui murmuraient parfois des choses méchantes et malveillantes ; des trucs cinglés du genre « fais-toi brûler ». La nourriture lui donnait parfois la nausée, surtout le petit-déjeuner ; elle courait aux toilettes, enfonçait un doigt dans sa gorge, vomissait tout, et quel « pied » c'était, quelle sensation agréable…

M. Harrow était profondément impressionné par le numéro de Marisa. Il était difficile au reste d'entre nous de ne pas éprouver un pincement de jalousie en voyant la façon dont il la regardait. Bien que le visage de Marisa fût parfois ravagé, émacié. Bien qu'un tic fît palpiter ses paupières bleuâtres. « Très bon. Très dramatique. Vous avez assurément trouvé la jugulaire, Marisa. » M. Harrow semblait ne porter aucun intérêt aux symptômes physiques de Marisa mais être très intrigué par son amant Z. « Les vieilles catégories desséchées du “masculin” et du “féminin” doivent être détruites. L'identité “bisexuelle” est l'avenir. C'est la plus stimulante des découvertes parce qu'elle bouleverse ce que la société veut nous faire accepter comme "normal". La tyrannie de la "normalité" ! »

M. Harrow faisait mine de cracher en prononçant « normalité ».

Après une des lectures de Marisa, il nous récita un poème de D. H. Lawrence contenant ces vers sensuels et troublants :

Je vous aime, pourries,
Délicieuses pourritures.

J'aime vous aspirer hors de votre peau
Toutes brunes et douces et de suave venue,
Toutes morbides...

Sorbes, nèfles aux couronnes mortes.
Je l'atteste, merveilleuses sont les sensations infernales,
Orphique, délicat
Dionysos d'en bas.

Un baiser, un spasme d'adieu, un orgasme momentané de rupture
Puis seul, sur la route humide, jusqu'au prochain tournant,
Et là, un nouveau partenaire, à nouveau se quitter....
Une nouvelle ivresse de solitude parmi les feuilles périssantes glacées de gel. [1]

Je fermai les yeux. J'avais envie de pleurer. Je n'avais jamais entendu un aussi beau poème, une aussi belle voix masculine.

---

1. D.H. Lawrence, « Nèfles et sorbes », dans *Oiseaux, bêtes et fleurs*, Aubier, traduction J. J. Mayoux *(N.d.T.)*.

13. Naissance tardive

Novembre 1975

Vous ne pouvez pas aller plus profond ? Allez plus profond.

Cherchez la jugulaire.

Je me rappelle la cloche de la chapelle. Je me rappelle l'éclat arctique de la croûte neigeuse. Et combien elle était coupante, cassante comme du verre dépoli.

Les nuits étaient la gageure. Comme Sybil qui avait parfois envie de se faire du mal. Comme Marisa qui entendait des voix malveillantes et envoûtantes. *Au feu. Au feu. La jugulaire. Frappe !* Mes paupières se fermaient et je voyais mon amie Penelope pousser une porte, regarder avec horreur un corps gisant dans une mare de sang. (Mais qui était ce corps, était-ce moi ?) Depuis qu'elle nous avait révélé ses origines « brunes », Dominique nous évitait ostensiblement. C'était moi qui en souffrais le plus parce que j'avais été (croyais-je) sa meilleure amie à Heath Cottage.

Avant que l'atmosphère ne se tende dans notre atelier, Dominique et moi nous montrions tous nos poèmes. Nous nous les lisions à haute voix. Elle me manquait.

Et pourtant : c'était à Andre Harrow que je souhaitais désespérément plaire. Si j'y parvenais, me disais-je, je serais en sécurité. Personne ne pourrait me faire de mal.

Pas même moi.

Peu à peu mes autres professeurs perdirent toute importance. Je me mis à manquer des cours. J'étais trop agitée pour assister jusqu'au bout à un cours magistral ennuyeux. Dans la chapelle du collège, j'étais trop agitée pour rester assise et devais marcher de long en large ; si d'autres étudiantes essayaient de prier ou de méditer, je les gênais ; elles me demandaient de bien vouloir partir.

Je n'étais pas rentrée chez moi pour Thanksgiving et ne rentrerais pas non plus pour les vacances de Noël. Mes parents étaient divorcés. Eh bien, moi, j'avais « divorcé » d'eux.

Je pensais rarement à eux. Rêvais rarement d'eux. Ils cessaient peu à peu d'exister pour moi. Tandis qu'Andre Harrow, qui s'éloignait si ostensiblement de moi, occupait de plus en plus de place.

N'ayez pas peur : fouillez au fond de vous-mêmes.

La façon dont une obsession naît, s'enracine comme une mauvaise herbe virulente...

Cassie me suggéra de l'accompagner au Centre psy, comme on l'appelait. Je ris et dis que non, merci... « Mes pensées ne regardent que moi. »

Qui a envie que ses pensées soient enregistrées dans une banque de données ? Accessibles à tous ? Qui a envie d'être considéré comme un malade ? En allant voir un thérapeute ? Un psy ?

Vous seriez l'un des premiers suspectés. Quand/au cas où une catastrophe arriverait.

Je souhaitais désespérément plaire à Andre Harrow, mais je n'y parvenais pas. J'essayais, de toutes mes forces, mais n'y parvenais pas.

Je croyais qu'il me pardonnerait si mon travail s'améliorait. J'acceptais le fait qu'il ne m'aimerait jamais ; il était ridicule d'avoir fantasmé pareille possibilité. Il avait Dorcas, et il en avait d'autres. Mais il avait toujours paru intéressé par mon travail, et même impressionné. D'un air songeur, il avait dit, il y avait bien longtemps me semblait-il à présent : « Votre art est celui du détour et de l'ellipse, Gillian. Il est de ceux qui peuvent croître. »

M. Harrow s'était pourtant lassé de cet art-là. C'était un autre, immédiat comme une photo Polaroïd, à base de conflit, de confession, qu'il souhaitait désormais. *Allez profond. Plus profond.* J'écrivais des heures dans mon journal, tard le soir. Et je détestais tout ce que j'écrivais. Je détestais « me confesser », me mettre à nu de la sorte. Et je savais ne pas faire le poids. Mon corps maigre à côté du corps voluptueux de Dominique. Ma réserve à côté de l'exhibitionnisme de Marisa. Plus important encore, je ne voulais pas trahir les secrets des autres. Je respectais mes parents, je crois que j'étais triste pour eux, même si, comme je le pensais, j'avais cessé de les aimer. Il aurait été cruel de les donner en spectacle à des inconnus... *Est-ce que je les connais, d'ailleurs ? Que sais-je d'eux, sinon de mon point de vue de fille arrivée dans leur vie sur le tard ?*

Lorsque M. Harrow nous avait engagées pour la première fois à écrire sur nos parents, et même sur leur vie sexuelle, je m'étais avisée avec étonnement que, oui évidemment, mes parents avaient une vie sexuelle. Non seulement l'un avec l'autre mais avant de s'être rencontrés. Ma mère, une femme digne occupée uniquement de son foyer et d'un petit cercle d'amies, une femme que j'avais toujours jugée sans imagination, avait eu ses histoires d'amour... dont l'une avec mon père.

Mon père ! Il était difficile de croire qu'il ait jamais été jeune. Il m'avait toujours paru entre deux âges. Il avait un beau visage massif, une bouche maussade, une peau marquée. Il était d'une politesse exquise même avec ma mère et moi : un comportement d'esquive. Son sourire n'était pas convaincant, le sourire d'un homme qui sait que quelque chose qu'il aurait dû prévoir va mal tourner sous peu.

J'avais d'abord pensé qu'il avait dû quitter ma mère pour une autre femme, mais la vérité, plus triste, était qu'il était simplement parti.

Les imaginer dévêtus, les imaginer en train de faire l'amour, n'était pas possible.

Un seul souvenir important me venait à l'esprit. Je me demandais ce que M. Harrow en aurait fait.

Je suis née tardivement. Alors que ma mère avait quarante et un ans. Alors que mon père avait la cinquantaine. Ma naissance était un « miracle »... personne ne s'y attendait. Les miracles ne sont pas normaux.

D'un autre côté, pourtant, j'étais née trop tôt. Je n'avais que huit ans lorsque John F. Kennedy avait été assassiné, en novembre 1963. J'avais été trop jeune pour avoir conscience du bouillonnement politique des années 60 – la grande révolution du XXe siècle américain – à plus forte raison pour y participer. Mes parents ne parlaient jamais de la guerre du Viêt-nam. Ils ne parlaient jamais des manifestations contre la guerre. Ils ne parlaient jamais des changements qui se produisaient à l'extérieur de notre hectare et demi de terrain dans le comté de Westchester, État de New York. Au moment de quel assassinat ?... celui de Martin Luther King ?... mes parents avait été désemparés, embarrassés, confus, en présence de notre femme de ménage noire, Nella, qui avait tenu à venir travailler le jour des obsèques. Je me rappelle ma mère disant faiblement : « Vous pouvez rentrer chez vous, si vous le souhaitez, Nella. Vous pouvez prendre votre journée. » Elle avait jugé nécessaire d'ajouter, en baissant la voix : « Vous serez payée ». Mais Nella avait refusé. Dans la cuisine, elle avait préparé le repas, et pleuré. J'avais entendu de gros sanglots gutturaux. J'avais perçu la tension dans notre maison d'ordinaire si tranquille et, à table, j'avais vu mes parents échanger des regards coupables. Mais ils étaient aussi déroutés et contrariés, comme des Blancs de leur classe et de leur époque. *Qu'avons-nous à faire des émotions de cette femme ?*

Quel est ce chagrin que nous ne pouvons partager ? Dans ce domaine, mon père et ma mère s'entendaient parfaitement.

Lorsque, le matin suivant, je relisais ce que j'avais écrit, je le déchirais avec écœurement.

« Je ne peux pas. Je ne peux pas les trahir. »

14. La capitulation

Novembre 1975

Les articulations rougies par le froid, je frappai à la porte du bureau d'Andre Harrow, avec plus de brusquerie que j'en avais eu l'intention. Le bâtiment des Lettres était quasiment désert mais je savais que M. Harrow était là : j'entendais des voix.

Des lumières brillaient à l'intérieur. Mais la fenêtre de la porte était dépolie, opaque.

C'était un lundi après-midi. Dehors, il faisait aussi sombre qu'en pleine nuit. La neige tombait par paquets humides. J'entendis sonner la cloche de la chapelle : 5 heures et quart.

Andre Harrow, que l'on ne voyait jamais sur le campus avant 2 heures de l'après-midi, restait souvent tard dans son bureau pour recevoir des étudiantes. Il vint ouvrir la porte et, en voyant qui j'étais, ne fit aucun effort d'amabilité.

« Vous ? Vous n'avez pas de rendez-vous.

— J'attendrai. »

L'intonation étrange de ma voix intrigua Andre Harrow. Il m'adressa un sourire ironique. Il portait un gros pull en laine vert olive sur une chemise de flanelle froissée, et il ne s'était apparemment pas rasé. Lors de notre dernier atelier, le vendredi précédent, il ne m'avait pas accordé un regard. « Mais je m'en vais après cet entretien, dit-il avec indifférence. Je regrette.

— Non. J'attendrai. »

De la résidence de Heath Cottage éloignée d'environ quatre cents mètres, j'avais couru tête nue, sans gants. J'attendis dans le couloir mal éclairé. J'étais trop agitée pour m'asseoir, je marchais de long en large en décrivant des huit. *Je regrette !* avait-il dit. Je me répétais ces mots comme une enfant blessée et furieuse.

Je me disais que je ne pourrais pas supporter un autre long week-end comme celui que je venais de passer.

Des flocons de neige fondaient dans mes cheveux ébouriffés et sur mes joues brûlantes. J'étais terrifiée, mais euphorique. Je me rappelais le baiser dur et brutal de M. Harrow, la pression de ses doigts sur mes épaules. Je voulais seulement qu'il me pardonne : qu'il me touche. Pour caresser ou pour blesser, qu'il me touche. Ce ne serait pas pire (me disais-je) que de glisser de la barre. La gracieuse gymnaste faisant soudain un faux mouvement, tombant, atterrissant lourdement sur les jambes et le bas du dos. Ce moment de silence où la foule, qui attendait une occasion d'applaudir, se rend compte qu'elle n'applaudira pas, en fin de compte.

Papa, je regrette.

Papa, j'ai tellement honte.

C'était cette pauvre Catherine qui était venue parler à M. Harrow. Une fille aux hanches larges et molles, au visage rose de lapin, qui se mordait les lèvres pour ne pas pleurer. *Toi aussi, pas aimée. Pas aimable*. M. Harrow se débarrassa de Catherine mais n'ouvrit pas la porte en grand pour m'inviter à entrer.

Je frappai hardiment sur le battant entrebâillé, et M. Harrow, qui m'attendait, en voyant l'expression de mon visage, les yeux dilatés, le regard implorant, sut pourquoi j'étais venue. Il était parfaitement maître de lui. « Puis-je entrer, monsieur ? demandai-je. – Oui, mais pas pour discuter de vos poèmes d'écolière. » Il passa rapidement derrière moi et jeta un regard dans le couloir, où personne n'attendait. Il referma la porte et donna un tour de clé. Il éteignit le plafonnier. La lampe au col tordu resta allumée.

Jamais je n'oublierai : ce halo de lumière chaude, intense, dans le bureau obscur d'Andre Harrow.

Jamais je n'oublierai : le cigarillo brûlant dans un cendrier. Cette senteur âcre qui me faisait larmoyer.

M. Harrow me dit d'enlever mon manteau et j'obéis, les doigts gourds. Il me caressa les cheveux, me prit le visage entre ses mains, ses gros pouces tirant sur la peau au coin de mes yeux. « J'aime ton cran, Gillian. Je suis impressionné. » Il se pencha pour m'embrasser, légèrement. Ses yeux étaient ouverts, songeurs. « Tu trembles comme un oiseau pris au piège. Ça aussi, ça me plaît. » Il ouvrit le tiroir d'un meuble classeur et en sortit une bouteille de vin ; il remplit deux grandes tasses à café et m'en tendit une. Je tremblais si fort, j'étais si excitée, que je dus la tenir à deux mains.

« Qui sait que tu es ici ? »

Je secouai la tête en silence. Personne ne savait.

Il rit. Il était très gai, tout à coup. « Ton problème, Philomèle, c'est que tu parles trop.

— M... monsieur Harrow...

— "Andre", bon Dieu. Appelle-moi Andre.

— Andre. Je... vous aime. »

M. Harrow rit de nouveau. Il but le restant de son vin comme on boirait du café et m'enleva ma tasse. D'une poussée, il me força à m'agenouiller. Sur un tapis natté étendu sur le plancher. Sa main sur ma nuque n'hésitait pas.

« Je t'attends depuis longtemps, ma petite. »

Lorsque nous quittâmes le bâtiment des Lettres, il était un peu plus de 7 heures. J'avais entendu la cloche de la chapelle. J'étais hébétée et désorientée. Le vin m'avait fait rire comme une enfant effrayée mais maintenant il me donnait mal à la tête. M. Harrow m'avait envoyée « m'arranger » dans les toilettes du rez-de-chaussée. Dans la glace, mes yeux restaient obstinément flous. Ma bouche était meurtrie. J'avais juré à Andre Harrow que je l'aimais, que je l'aimais et mourrais pour lui, et il avait ri de ces déclarations extravagantes en me demandant à quoi je lui servirais, morte. Et dans la glace des toilettes flottait le visage de cire de la morte. Sa bouche meurtrie, douloureuse.

« Mais c'est vrai. Vous verrez. *Je vous aime.* »

Lorsque nous sortîmes du bâtiment obscur, un temps infini semblait s'être écoulé. Je trébuchai sur les marches enneigées, M. Harrow me rattrapa et, lorsque je fis mine de prendre le chemin de ma résidence, il m'arrêta. « Mais… où allons-nous ? »

M. Harrow dit : « Dorcas aussi t'a attendue. »

15. L'incendie

Décembre 1975

Je ne fus témoin de rien. Je n'étais pas là.

Quand des sirènes d'alarme se déclenchèrent dans Heath Cottage. Des détecteurs de fumée dans la laverie du sous-sol. Hurlements et hystérie. Drew Weldon appelant à l'aide, les mains ensanglantées par les coupures de la lame de rasoir.

« Marisa ? C'était... *Marisa* ? »

Les journaux locaux s'empresseraient d'écrire :

LA PYROMANE DE CATAMOUNT COLLEGE
EN ÉTAT D'ARRESTATION

et :

UNE ÉTUDIANTE DE CATAMOUNT,
20 ANS, HOSPITALISÉE

On ne parla de rien d'autre à Heath Cottage pendant des jours. Il régnait une atmosphère d'hystérie, mais une hystérie crispée, contrôlée. Nous cherchions la compagnie les unes des autres comme les rescapées d'un naufrage. Je n'avais rien vu de la fumée, du feu, rien entendu des alarmes, des hurlements, mais Cassie raconterait et re-raconterait l'histoire de façon si vivante qu'il me semblerait très vite que, oui, j'avais été là, dans ma chambre. J'avais vu les mains ensanglantées de Drew et j'avais vu mon amie Marisa emportée hors de la résidence attachée sur un brancard, en proie au délire, à demi consciente, le visage et les cheveux maculés d'un sang rouge vif.

Je m'imaginerais avoir vu les poignets tranchés de Marisa mais sans doute que non, les urgentistes avaient dû poser des garrots et lui emmailloter les bras de pansements.

« Attends. Qu'as-tu entendu en premier ? L'alarme, ou Drew ? »

Il fallait que je sache, je harcelais Cassie de questions. Son récit différait sur quelques points de détail de ceux de Dominique et de Penelope. Le journal de l'université présenta la chronologie des événements, telle qu'établie par la police de Catamount et confirmée par le service de surveillance du campus ; il finit donc par y avoir un consensus sur *ce qui s'était passé* dans les premières heures de ce samedi matin. Pour une raison ou une autre, cependant, cela ne me semblait pas complet, quelque chose devait manquer.

Voici ce que je savais : vers 1 heure du matin, le 5 décembre, Marisa descendit dans la laverie de la résidence, barricada la porte, qui ne fermait pas à clé, avec une pile de chaises en plastique et un lourd banc de bois ; elle colmata les interstices de la porte avec des serviettes ; elle aspergea d'essence à briquet des pages arrachées à son journal et divers vêtements qui se trouvaient en train de sécher dans la pièce ; elle alluma un feu, qui flamba vite ; elle avait apporté avec elle une lame de rasoir avec laquelle elle se trancha les avant-bras, sans parvenir à les entailler très profondément ; elle avait pris une triple dose de son Valium sur ordonnance ; elle portait une de ses jupes de mousseline indienne à motifs floraux et un tee-shirt sale ; elle était pieds nus. Drew Weldon, une étudiante de quatrième année, capitaine de l'équipe d'aviron, l'avait croisée dans l'escalier, chargée d'un sac de linge sale bosselé. « Elle me regardait sans me voir, comme un zombi, j'ai compris que quelque chose n'allait pas du tout. D'autant que cette pauvre fille se laissait déjà mourir de faim. » Quelques minutes plus tard, Drew descendit à son tour au sous-sol, trouva la porte barricadée, sentit l'odeur de l'essence et de la fumée ; elle essaya d'ouvrir la porte, la martela de ses poings ; elle appelait au secours quand les alarmes du détecteur de fumée s'étaient déclenchées ; elle réussit à entrebâiller la porte, tâcha de se glisser à l'intérieur, et Marisa était là, suffoquée par la fumée, en train de tousser, mais « déchaînée, folle et forte comme un chat sauvage », cinglant l'air de sa lame de rasoir. Alors Drew battit en retraite. Elle courut au rez-de-chaussée en appelant à l'aide. À ce moment-là, la sirène hurlait dans la résidence, les pompiers de Catamount avaient été avertis et arriveraient quelques minutes plus tard.

« Pour sauver la vie de Marisa. »

Cassie disait : « Oui. Sans doute. Ce qui reste de la vie de Marisa. »

Mais je n'avais été témoin de rien. Au moment de l'effondrement de Marisa, j'étais avec Dorcas et Andre Harrow dans leur maison de Brierly Lane.

16. La stagiaire

Décembre 1975

La différence entre « assistant » et « stagiaire » est simple : les assistants sont payés, les stagiaires ne le sont pas.

Mais naturellement les stagiaires sont payés en expérience.

Tout décembre 1975 et jusqu'à la mi-janvier 1976, je fus la stagiaire de Dorcas. Mon stage était « officiel »... pour le cas où quelqu'un de Catamount poserait des questions. Mes tâches variaient. Il n'y avait pas d'« horaire ». Parfois ils ne prenaient pas la peine de m'appeler pendant des jours. Et parfois...

C'était un secret, cette relation. Je comprenais qu'il y avait d'autres filles de Catamount, et d'autres filles et femmes de la région, qui, de temps à autre, fréquentaient Dorcas et Andre Harrow, et qu'il ne devait y avoir aucun contact entre nous. Dorcas et Andre m'avaient avertie : *N'en parle à personne !* Pourtant il y en avait à Heath Cottage qui semblaient savoir, ou deviner, et qui murmuraient entre elles avec envie.

Je voyais leurs yeux. Leurs yeux qui se posaient sur moi. Même Cassie, mon amie. Je voyais les questions dans ses yeux et je l'évitais. J'étais malade d'angoisse à l'idée d'être démasquée (mais j'avais vingt ans, je n'étais plus vraiment une enfant), et je débordais aussi de fierté.

Maintenant je suis bienheureuse. Je ne suis pas comme les autres. Ils m'aiment.

Quoique Dorcas me conseillât de ne pas parler d'amour.

« Tu as trop de jugeote pour ça, hein, *chérie* * ? Toi, si supérieure à ces petites idiotes. Cela ne fait que le contrarier. »

Dorcas prenait mon visage entre ses mains, elle aussi. Là où je m'étais crue laide, elle voyait de la beauté. Ses pouces puissants tiraient sur la peau tendre de chaque côté de mes yeux. Elle refusait de me laisser parler de ma mère... qui, à ce moment-là, m'appelait souvent, en me suppliant de venir la voir un week-end ; elle me disait : « Ne sois pas *tîdieuce* [1], *chérie* *. »

Pour Dorcas et Andre Harrow, être ennuyeux était le péché capital.

Tout le reste nous est permis, pourvu que nous ne soyons pas ennuyeux.

J'aimais que Dorcas m'appelle *chérie* *, comme une Française glamour dans un film. Personne ne m'avait jamais appelée *chérie* *. Dorcas m'embrassait sur les lèvres, un baiser brûlant comme du feu.

La maison du 99, Brierly Lane. Comme j'y étais heureuse ! Ce n'était pas le vin – ni le *médicament* * – qui me rendait euphorique. C'était de savoir que jamais plus Gillian n'aurait à rester tapie comme une bête dans les bois ruisselants.

Je fus tentée de le dire à Dorcas et Andre. Plusieurs fois, dans des moments de faiblesse. De leur raconter que je les avais espionnés. Que j'avais vu une fille avec eux un soir... Marisa ? Ou non, sans doute pas Marisa. Il n'aurait pas été prudent de ma part de mentionner le nom de Marisa, étant donné les circonstances.

(Marisa avait quitté Catamount College pour toujours. Nous avions entendu dire qu'elle avait été hospitalisée

---

1. *Tedious* (assommante), prononcé à la française *(N.d.T.)*.

dans une clinique de Manhattan. Depuis sa dépression nerveuse, il n'y avait plus eu ni incendie ni alerte sur le campus.)

Ce premier soir où Andre Harrow m'avait amenée à Dorcas, la maison m'avait paru immense, derrière des arbres couverts de neige. Dans le ciel brillait une lune pâle sur le déclin. Avec assurance, Andre ouvrit une porte latérale, me poussa à l'intérieur et cria : « Dorcas ! *Une petite surprise**. »

La passion d'Andre pour Dorcas était absolue. Comme la passion de Dorcas pour Andre. Personne ne pouvait les séparer. Je le savais, je pense. C'est la seule chose que je saurais clairement.

L'intérieur de la vieille maison de Nouvelle-Angleterre était luxuriant comme une jungle. Deux cultures s'y étaient heurtées et la plus faible, celle de Nouvelle-Angleterre, avait succombé. La marque de Dorcas était partout : orchidées dans des pots en terre, tapisseries et tapis tissés aux couleurs criardes, carreaux espagnols et mexicains. Et ses toiles sans cadre, ses sculptures, qui débordaient de l'atelier pour envahir toutes les pièces. La cuisine était vieillotte et pas très propre – une patine de crasse recouvrait les plans de travail, la cuisinière, le sol. Un jour, à quatre pattes, la stagiaire frotterait le linoléum graisseux et poisseux. À demeure dans la cuisine il y avait un vieux perroquet sud-américain aux plumes vertes et rouge vif. Dorcas l'appelait « Xipe Totec ». Une divinité aztèque ? L'accent de Dorcas était si prononcé que j'avais souvent du mal à la comprendre. Elle vivait aux états-Unis depuis près de quinze ans sans faire aucun effort pour parler anglais de façon intelligible. C'était son style. Elle disait de Xipe Totec qu'il était une « âme réincarnée », une « âme mauvaise », le « dieu du sacrifice ». Il était mort plusieurs fois, disait-elle, « mais il renaît toujours de son propre sang ».

Xipe Totec était une créature féroce et mal en point. L'un de ses petits yeux globuleux semblait tourner follement dans son orbite. Son bec recourbé et tranchant avait une fine fêlure. Les plumes de sa poitrine étaient clairsemées et mouchetées de sang, car il se donnait des coups de bec, par « diablerie », disait Dorcas.

Andre dit, en nous servant du vin à tous les trois, désignant d'un geste le perroquet : « L'heure de la mort de Xipe Totec approche. C'est pour cela qu'il se tient mal. »

Andre et Dorcas choquèrent leurs verres contre le mien. Je vis que mon verre était trouble, pas très propre. Le vin était sombre, chaud, généreux, délicieux. Dorcas eut un rire ravi ; j'avais renversé du vin sur moi comme une enfant trop pressée, maladroite.

Ils m'embrassèrent à tour de rôle. Léchèrent ma bouche meurtrie et poisseuse.

« *Voilà une petite surprise ! Un morceau délicieux* *.

— *Un beau* * petit animal, hein ? »

Dans l'atelier de Dorcas, les sculptures avaient l'air vivantes. Je les contemplai avec émerveillement, et avec crainte. Comme il était étrange que des visages et des corps si grossièrement stylisés, si humainement déformés, prennent l'animation de la vie. Le génie de Dorcas. Cela devait venir des yeux, me disais-je. Je redoutais ces yeux... Je savais qu'ils me vrilleraient l'âme ; que je reculerais devant eux toute ma vie.

Ce n'étaient pourtant rien de plus que des trous grossièrement creusés dans le bois.

Nos ancêtres primitifs. Dorcas les appelait des « totems ». Ils étaient grands, massifs ; le plus petit faisait un mètre quatre-vingts, si l'on exceptait une tête de nourrisson d'environ quatre-vingt-dix centimètres de diamètre, qui avait la forme d'une sphère distendue. La mère allaitante aux seins grotesquement gonflés. La mère allaitante amaigrie... mourante ? L'adolescente osseuse, faussement timide, qui était mon double. L'adolescente replète, poseuse, les mains en coupe sous les seins. La femme enceinte au ventre gonflé comme une tumeur maligne. La parturiente accroupie dont le vagin blessé laissait voir la tête hideuse d'un nouveau-né. L'homme squelettique dont la bouche dessinait un « O » d'angoisse. L'homme musclé à l'énorme sexe dressé. Le vieillard gras aux yeux vides et à la bouche idiote. Les vieillards émaciés aux organes sexuels ratatinés, aux sourires de tête de mort. Et les têtes de nourrissons... Sur une table de travail il y en avait plusieurs, de tailles variables, la plupart sans même un rudiment de corps. Dorcas les appariait à des « figures maternelles » : pas de corps, juste des têtes. L'effet était sinistre. Le premier soir, je me cachai le visage et fus prise de tremblements incontrôlables. Dorcas et Andre Harrow rirent. Andre caressa mes cheveux et ma nuque sensible. Dorcas nous dessinait. Ses bras nus et puissants se mouvaient avec rapidité. Plus tard, elle prendrait des Polaroïds. Andre prendrait des Polaroïds. Nos rapports sexuels furent confus et fantastiques comme un film passé de plus en plus vite jusqu'à ce qu'il s'enflamme.

Un soir de décembre.

Peut-être plusieurs soirs...

Je devais aider Dorcas à emballer un de ses totems qu'il fallait expédier à un acheteur de Palm Springs, en Californie. Je devais aider Dorcas à préparer le dîner. Mais je ne cessais de m'endormir, tant j'étais une petite *poupée* * idiote... Xipe Totec, le perroquet au plumage éclatant, poussait des cris perçants. Il n'aimait pas me voir dans la cuisine. Il était jaloux des attentions de Dorcas. Il m'avait mordu le dos de la main et feint de se jeter sur mon œil. Dorcas et Andre le laissaient pourtant sortir de sa cage, voleter dans la cuisine de perchoir en perchoir et lâcher de grosses fientes visqueuses sur le sol, sur la table en bois où nous mangions, et même sur le plan de travail où je devais hacher des oignons mais manquais régulièrement me couper le bout des doigts. (C'était moi qui devais nettoyer après Xipe Totec, avec des serviettes en papier mouillées.) Une musique rock jouait très fort, un groupe européen dont je n'avais jamais entendu parler, les Rolling Stones en plus vulgaire. Andre était d'une humeur dangereuse. Dorcas se moquait tout de même de lui. *Un pénis maussade**. J'avais manqué mes cours une bonne partie de la semaine, y compris l'atelier de poésie de M. Harrow. C'était drôle ! Dorcas avait appelé le bureau du doyen des étudiants pour expliquer que sa stagiaire avait succombé à la grippe – « Elle est rentrée chez elle plus tôt et sera de retour en janvier. » (En fait, je ne rentrerais pas dans le comté de Westchester. « Chez moi », c'était le 99, Brierly Lane.) À minuit, nous nous mîmes enfin à table. À présent, c'était Janis Joplin qui chantait. Xipe Totec était furieux contre Joplin et criait plus fort qu'elle. Il osa égratigner les mains d'Andre et dut être remis de force dans sa cage incrustée de crasse, dont la petite porte fut verrouillée, et le grillage recouvert de la housse de toile sombre qui avait le pouvoir pervers de l'endormir. « Quel parfait petit monstre mâle emplumé il fait ! » dit Dorcas en riant gaiement.

Elle avait préparé un cassoulet riche et lourd. Délicieux malgré des haricots pâteux. Nous bûmes un vin italien, rouge et généreux. Je levais ma fourchette, mais elle avait la lourdeur du plomb... Dorcas comme Andre fumaient de temps à autre pendant le repas : Dorcas, ses cigarettes américaines à bout filtre ; André, les élégants cigarillos hollandais à l'odeur d'épi de maïs brûlé. Tous les deux m'imposaient leurs choix et riaient lorsque que je toussais et m'étranglais. Leur rire était affectueux. Je jouissais de ce rire comme un chien à qui l'on a donné des coups de pied mais qui reçoit maintenant des caresses, et en éprouve de la reconnaissance.

Ils m'aimaient, je crois. Si le désir est amour. Pas toujours mais quelquefois. Ce soir-là, sûrement.

Les moments se confondaient. Comme dans un film où les scènes s'entremêlent à la façon des rêves. Car je voyais souvent le scintillement du sang sur le pénis mollement dressé d'Andre. Je voyais le scintillement du sang sur les poils rudes de son pubis et sur la peau blanche et flasque de son abdomen. Le halo de lumière chaude autour de la lampe au col tordu sur son bureau. Bien que, après cette première fois, nous n'ayons jamais été ensemble dans son bureau. *Quelle petite poupée exquise tu es. Si petite. Je ne veux pas faire de mal à la poupée. Je ne veux pas faire de mal à la poupée...* Un cri de stupeur jaillissait de sa poitrine, son visage se fripait comme s'il avait été abattu d'une balle.

« Réveille-la, bon Dieu.

— Réveille-la toi-même. C'est à cause de toi que c'est arrivé. »

L'un d'eux appuya la main contre mon front brûlant. L'un d'eux toucha une artère sous mon menton. « Elle est vivante, ne sois pas ridicule.

— Elle ne respire pas...

— Mais si, elle respire !

— Pas de ces foutus Mandrax, je te l'avais dit. Il faut toujours que tu en fasses à ta tête.

— Va chercher de la glace, je sais ce qu'il faut faire.

— Vas-y toi-même ! C'est ta faute. »

Dans les draps humides et froissés, je flottais. Brusquement, il y eut une sensation cruelle de brûlure sur mon visage, mes seins, mon ventre... un froid si glacial que c'était du feu. Mes yeux s'ouvrirent d'un coup, les cils collés ensemble. J'étais réveillée mais ne voyais pas net. Mes paupières clignaient, dans la crainte des flashs. Pas l'atelier de Dorcas mais au premier dans la chambre au papier décollé, taché d'humidité. Où flambaient des bougies parfumées. Le lit était haut, à l'ancienne... un lit à colonnes de Nouvelle-Angleterre. Le matelas était dur, il y avait quelque chose de bosselé sous mes hanches. Quand notre médecin de Westchester m'avait examinée pour remplir mon dossier d'inscription à l'université, je m'étais raidie, crispée, mise à pleurer lorsqu'il avait introduit le spéculum. C'était une punition, je le savais : pour être une fille. Le médecin avait manifesté de l'impatience. Ma mère (dans la salle d'attente) m'avait dit avec nervosité que cela devait être fait, c'était… une procédure. Ce n'est pas la procédure mais la fille qui est à blâmer. Les silhouettes qui se penchaient maintenant sur moi étaient gigantesques, comme celles qui se penchent sur le berceau d'un nourrisson. Je me mis à gémir, et l'un d'eux appuya aussitôt une main sur ma bouche.

Ce perroquet criard ! J'avais cru que c'était Xipe Totec mais (manifestement) c'était la fille.

17. Culpabilité

Décembre 1975

Nous étions dans le salon du rez-de-chaussée de Heath Cottage, où nous parlions à voix basse de Marisa.

Marisa qui était partie. Marisa qui était « hospitalisée ».

Comme si l'ennemi était de l'autre côté de la porte, Dominique dit d'un ton maussade : « Que ces salopards prouvent que Marisa a allumé ces incendies ! Ou qu'elle a fait quoi que ce soit d'autre, d'ailleurs. Les fausses alertes. »

Penelope dit : « Comment pourraient-ils le prouver ? Puisqu'ils n'ont pas pu le prouver sur le moment ? Personne ne pensait à Marisa, alors. Et il n'y a pas d'empreintes digitales ni quoi que ce soit. »

Cassie dit avec amertume : « Ils ont déclaré qu'elle avait "avoué". C'était juste pour se faire encore plus de mal. Je connais ce sentiment-là ! »

Dominique dit, d'un air indigné : « En tout cas, elle a changé d'avis, maintenant. Elle s'est "rétractée". »

J'entendais les voix de mes amies autour de moi comme une musique. J'étais dans un état d'attente anxieuse. Il me semblait que, comme une enfant intelligente, j'avais accompli un exploit inattendu. Et pourtant, aucune des mes amies ne savait.

Elle ne respire pas.

Si, elle respire !

Je m'entendis dire : « Malgré tout, c'est difficile d'effacer un truc pareil de son dossier. Quand on avoue. C'est comme lorsqu'on plaide coupable devant un tribunal. Son avocat peut avancer qu'elle souffrait d'angoisse, je suppose... »

Dominique me prit à partie avec fureur. « Parce que, toi, tu crois que Marisa l'a fait ? »

Sa réaction m'abasourdit. Je m'essuyai les yeux. Je dis, en bégayant : « Tout le monde v... veut le croire.

— Bien sûr ! Mais toi ? »

Je secouai la tête. Non.

(Mais peut-être Marisa l'avait-elle fait ? Peut-être pas tous les incendies, mais quelques-uns ? Un ou deux ? Et les fausses alertes ? Comment pouvions-nous le savoir ?)

Les yeux de mes amies me transperçaient comme des vrilles. Elles se méfiaient de moi. Je savais ce qu'elles pensaient de moi : leur jalousie. Leur étonnement. Leur ressentiment. Mais elles devaient aussi être admiratives, non ? Si elles devinaient. (Devinaient-elles ?) Je n'avais dit à aucune de mes amies que j'étais la stagiaire de Dorcas et qu'ils m'emmèneraient à Paris à la fin du mois. *Tu n'y es jamais allée, chérie ? Quel dommage.*

Les yeux noirs perçants de Dominique, braqués sur moi, soupçonneux...

Cassie disait : « C'est ridicule : comment Marisa pourrait-elle prouver qu'elle est innocente, maintenant ? Même si elle n'était pas à Catamount au moment de certains des incendies, si elle était à New York avec son petit ami, par exemple, ils peuvent déformer les choses et dire qu'elle revenait sur le campus en cachette. S'ils tiennent absolument à lui coller toute cette merde sur le dos. »

Penelope dit d'un air inquiet : « Tout de même. Il n'y a plus eu d'incendie depuis. Ni de fausse alerte. »

Nous rîmes avec gêne. Nous dîmes en plaisantant que nous devrions allumer un petit feu. Ou au moins tirer un signal d'alarme. « Pour aider Marisa, hein ? »

Penelope, qui était la plus entêtée, insista : « Il y a ce que tout le monde dit, quand même... Quelles sont les probabilités qu'il y ait deux incendiaires ? Dans un endroit aussi petit ? »

Dominique répliqua avec impatience : « Les incendies, ça fait naître des vocations. Lis les journaux. »

Cassie dit : « C'est peut-être un adulte ? Un enseignant ? Personne n'envisage jamais cette possibilité. Qu'est-ce que cela aurait de si bizarre ? »

Nous réfléchîmes un instant. Ce n'était pas très convaincant.

« Les gens veulent que ce soit Marisa, dis-je. Elle est tombée au bon moment.

— Ça n'en fait pas l'incendiaire pour autant, si ? »

Une fille costaude hésitait sur le seuil, une étudiante de quatrième année nommée Joan, amie de Drew Weldon. Elle souhaitait se joindre à nous pour donner son opinion mais nous la tenions à l'écart. Je lui adressai un sourire, comme si je venais de m'apercevoir de sa présence, et elle prit cela pour une invitation à entrer dans le salon.

Joan dit, les yeux écarquillés de compassion : « Pauvre Marisa ! Mais si elle l'a fait, vous savez... elle a drôlement besoin d'aide. »

Dominique répondit avec grossièreté : « Elle n'a rien fait. Ce sont des conneries. »

Joan nous regarda, déroutée. « Marisa n'a pas... mis le feu ? Au sous-sol ? »

Dominique dit : « Qui parle de ce petit feu merdique ? Nous parlons des autres.

— Mais elle a avoué, non ? »

Penelope dit, en ignorant Joan : « Mais comment Marisa peut-elle prouver son innocence, maintenant ? Après avoir avoué. Même si c'étaient de faux aveux. C'est dans les journaux et dans son dossier. Même avec cet avocat... »

Joan l'interrompit. « Il va y avoir un procès ?

— Je ne pense pas, fit Cassie avec raideur. Marisa n'est pas... "en état de supporter un procès", comme ils disent. Elle est très malade.

— Je m'en doute. C'est vraiment triste. Elle était si jolie, si énergique. Drew dit que, dans la laverie, elle était, euh… "dérangée". Complètement.

— Elle s'affamait. Elle était anorexique.

— J'essayais de la convaincre de manger, dit Cassie. Quand elle le faisait, c'était comme si elle avait l'estomac ballonné, je crois ; elle n'avait qu'une envie, c'était m'échapper et foncer aux toilettes… »

Nous pensâmes à Marisa. La dernière fois que je l'avais vue, c'était dans l'atelier de poésie de M. Harrow. Euphorique, se délectant d'être le centre de l'attention. On voyait une veine bleue palpiter sur son front et on sentait la chaleur de sa peau à l'autre bout de la table. Ses cheveux n'avaient été ni lavés ni peignés depuis des jours, et ses yeux ressemblaient à des billes d'un bleu vitreux… Andre l'avait contemplée, tenté.

Mais Dorcas avait une préférence pour Gillian à ce moment-là.

Joan demanda : « Est-ce que l'une d'entre vous a des contacts avec Marisa ? Ou avec sa famille ? »

Cassie et Penelope murmurèrent que oui, plus ou moins. Mais ce n'était pas tout à fait vrai. Dominique avança sa lèvre inférieure charnue et ne dit rien. C'est alors qu'elle me jeta un regard, vit que je la regardais et me fit un clin d'œil.

Pas un clin d'œil amical, cela dit.

Après coup, nous nous rendrions compte que nous ne parlions plus jamais de Sybil.

18. La taquinerie

Décembre 1975

« Jilly ! Toi pas attendwé ta Domi ? »

Comme une chaude mélasse brune, la voix de Dominique me parvint alors que je me hâtais sur le chemin verglacé en direction de la chapelle.

C'était une taquinerie sournoise et cruelle. La parodie d'accent nègre. Et... *Domi* ! Comme si mon arrogante amie avait pu permettre un raccourci aussi infantile de son élégant prénom.

J'attendis qu'elle me rattrape. Dans notre relation, elle était la plus forte et la plus séduisante, ainsi que la plus rancunière.

La belle Dominique. Elle tressait maintenant ses scintillants cheveux noirs en nattes africaines, qui dansaient sur son crâne avec quelque chose d'allègre et de menaçant.

Nous marchâmes côte à côte dans l'air vif et froid. Je me sentais intimidée, et néanmoins pleine d'espoir. De toutes les filles de Heath Cottage, c'était Dominique que j'admirais le plus. À présent qu'elle avait révélé ses « origines barbadiennes », elle semblait plus insaisissable encore. Je me demandais si Andre Harrow avait été aussi surpris que les étudiantes de l'atelier et finissais par me dire que oui, il l'avait été.

Depuis cet après-midi-là, Dominique semblait éviter ses amies de Heath Cottage. Elle ne mangeait plus que rarement avec nous au restaurant, où elle préférait la compagnie d'autres Noires : une table bruyante et gaie qui mettait les Blanches mal à l'aise. Certaines des filles de cette table étaient des Noires américaines, coiffées à l'afro ou avec des nattes, mais d'autres venaient des Caraïbes et parlaient anglais avec des accents britanniques saccadés. Les Blanches leur faisaient une cour timide, sans beaucoup de succès. Dominique se rangeait maintenant publiquement de leur côté. Elle représentait un beau coup pour elles : la superbe Dominique Landau, danseuse, poète, une personnalité du campus. Lorsque je la voyais avec ses nouvelles amies, j'éprouvais un sentiment de perte. En leur compagnie, elle avait bel et bien l'air d'être des leurs. Son teint olivâtre parfait, son sourire éblouissant, ses yeux noirs frangés de longs cils...

Dans notre résidence, Dominique se montrait brusque et abrupte avec moi. Si je lui disais bonjour, elle répondait en général par un « ouais, ouais » traînant, qui se voulait un « idem » verbal. Dans les ateliers d'Andre Harrow, elle avait rarement un mot de compliment pour ce que j'écrivais ; elle me regardait, et regardait M. Harrow, en avançant sa lèvre inférieure d'un air maussade. Je me disais : *Elle sait.*

Un des totems féminins robustes et voluptueux de Dorcas, doté de fesses hautes insolemment rebondies, de seins, de hanches et de cuisses superbement galbés, d'un visage à la mâchoire puissante, aurait pu avoir, me semblait-il, Dominique pour modèle.

Elle sait. Mais elle ne peut pas en être sûre.

Devant la chapelle, Dominique s'arrêta, comme si elle répugnait à me laisser partir. Nos longs congés de Noël commençaient le lundi suivant. Je lui avais demandé où elle irait, et elle avait haussé les épaules avec indifférence : « Ski à Aspen paweil que toujou'. Mon papa y connaît ces fwomages blancs à qui y fait de la lèche, tu sais ? »

Le mot me fit tiquer. Je me demandai si c'était l'équivalent de *nègre*.

« Tu rentres chez toi, hein ? Où ça déjà... le Westchester ? »

Je murmurai que oui. C'était ce que j'avais dit à mes amies.

Dominique m'observa en souriant. Ce lent sourire suggestif...

Sur une impulsion, je dis : « Je me suis rendu compte l'autre jour que... nous ne parlons plus jamais de Sybil. Comme si elle avait cessé d'exister.

— Sybil *qui* ? »

Je ris, prise au dépourvu.

« Mède, ma vieille, c'est pas dwôle. »

Je détestais la parodie à laquelle se livrait Dominique. Je pensais néanmoins comprendre son origine.

Avant que nous nous séparions, Dominique remarqua ma main ; le dos de ma main droite, couvert d'égratignures et de petites croûtes. Elle la prit dans la sienne et la serra fort, en disant avec colère : « Qui t'a donné des coups de bec, mon chou ? Un sale vieux péwoquet vè ? Je metwais fin à tout ça, moi ! »

Je retirai ma main. Je pivotai et entrai dans la chapelle sans jeter un regard en arrière.

19. Meurtre d'âme

Décembre 1975

« Tu crois au mal, Gillian ? »

Penelope parlait tout bas. J'aurais presque pu feindre de ne pas avoir entendu.

Il était 4 heures de l'après-midi, le vendredi 16 décembre. Le campus se vidait. Après un débordement d'activité, Heath Cottage était quasiment désert. Dans le salon du rez-de-chaussée, Penelope et moi attendions devant la fenêtre l'arrivée de ses parents qui devaient la ramener chez eux à Old Saybrook, dans le Connecticut, pour les vacances. Nous regardions tomber des flocons languissants.

J'avais fait croire que, de bonne heure le lendemain matin, je prendrais un train pour New York. Pour aller chez ma mère.

« Au mal ? Non. » Je répondis très vite, embarrassée.

« Juste... "non" ?

— Pas à la façon d'autrefois. Je ne crois pas.

— C'est quoi la "façon d'autrefois" ? »

Je ne le savais pas très bien. Mais il fallait que je parle. Andre Harrow aurait été furieux contre moi si j'avais gardé le silence.

« Dieu et Satan, dis-je. Le "Bien et le Mal". Un principe surnaturel.

— Parce que, sans le surnaturel, il n'y a pas de mal ? » Penelope plissa le front. Son joli visage rond contrastait de façon comique avec ses préoccupations théologiques.

Je me souvins que, dans notre cours d'introduction à la philosophie, en première année, elle n'avait jamais réussi à saisir le fait fondamental que la logique n'est pas une question de vérité, mais de prémisses. Je lui avais donné des cours particuliers, mais sa note finale avait été un C +.

«Dans la Bible, dis-je, Satan est le père des mensonges et de tous les maux. Dans notre monde, le "mal" semble être tout bonnement ce que certaines personnes font par intérêt personnel et à quoi d'autres s'opposent. Le "bien", c'est ce que fait ton camp. »

Penelope dit sèchement : « C'est aussi simple que ça ? »

Tu me détestes. Tu es jalouse. Il ne t'aime pas.

Je regardais par la fenêtre. Une neige rêveuse, hypnotisante, pas de vent. À l'extérieur de la résidence, la colline se dressait, abrupte et enneigée. Des chemins déblayés menaient au campus et, au-delà, aux courts de tennis et aux terrains de sport, à Catamount Creek et aux bois…

« Le meurtre d'âme, ça existe, dit Penelope. Sauf qu'il n'est pas visible comme l'autre. Il y a des gens mauvais. Il y a des gens cruels. Des gens qui devraient être punis. S'il y avait quelqu'un pour les punir. »

Je devais rejoindre Dorcas et Andre quelques heures plus tard. Mon cœur battait d'impatience, et d'appréhension.

Lorsque les parents de Penelope arrivèrent, je sortis avec elle pour l'aider à porter ses bagages. Sa mère se pencha par la portière en me souriant avec gaieté. « Sybil ! Comment allez-vous, ma chérie ? »

Penelope dit avec raideur : « C'est Gillian, maman. Tu connais Gillian.

— Oh ! bien sûr. Gillian. »

Je leur fis signe de la main quand ils partirent. Un brusque tournant, sous les flocons lents de la neige, et ils disparurent.

20. Vacances d'hiver

Décembre 1975

Il y avait eu un malentendu, apparemment.

J'avais déduit de ce qu'ils disaient qu'ils m'emmèneraient. À Paris. Avais-je mal entendu ? Mais je souris aussitôt pour montrer que je comprenais.

« Juste quinze jours, *chérie* *, dit Dorcas en me serrant la main, puis nous fêterons le nouvel an, d'accord ? Rien que nous trois. »

Ils devaient partir plus tôt qu'il me semblait l'avoir noté. J'aidai Dorcas à faire ses bagages, tandis qu'Andre passait une bonne partie de l'après-midi au téléphone. Je l'entendis jurer. Mais il riait aussi. Manifestement il y avait eu d'autres malentendus.

« Ce sera pour une autre fois. Le mois prochain. Au revoir ! »

Lorsque Andre vit mon visage, le choc et la douleur sur mon visage, il fronça les sourcils avec irritation et se détourna. Cette ombre de culpabilité. Si bien que je sus aussitôt : *Il veut m'emmener mais pas elle. Il m'aime.* Une certaine confusion planait sur les dates, les billets d'avion, les heures de départ et d'arrivée.

Je me demandai si une autre stagiaire les retrouverait à l'aéroport Kennedy. Une autre fille, une étudiante de Catamount, peut-être une de mes devancières, qui avait acheté elle-même ses billets, ce que je n'aurais pu faire.

Ils me confiaient la maison, cependant. À moi la responsabilité d'arroser les plantes, de ramasser et trier le courrier, de nourrir Xipe Totec. Les pièces du premier seraient fermées, sans chauffage. Je ne devais pas y aller. L'atelier de Dorcas serait fermé, lui aussi. Mais la cuisine et le salon seraient chauffés. « Nous comptons sur toi, Gillian. Est-ce que nous te manquerons ? »

Lorsque arriva le moment des adieux, André prit mon visage entre ses mains et effleura mon front d'un baiser. Il évitait toujours mon regard ; j'aurais aimé qu'il me regarde pour pouvoir lui pardonner. Dorcas se montra plus passionnée ; elle m'enveloppa de ses bras puissants, m'embrassa sur la bouche. Je découvrirais ensuite une traînée écarlate sur mon menton. Elle s'était fait un visage blanc de geisha, s'était agrandi les yeux avec du rimmel et un fard à paupières d'un bleu électrique. À mon oreille, elle murmura d'une voix forte : « Je te revaudrai ça, *chérie* *, je te le promets. »

Mes vacances d'hiver se passèrent donc presque entièrement dans la solitude.

Ils me manquèrent terriblement. Mais lorsque j'étais chez eux, je pouvais faire comme s'ils étaient dans la pièce voisine ou au premier. Lorsque j'entrais dans l'atelier de Dorcas, je pouvais faire comme si elle travaillait hors de mon champ visuel. Je marchais au milieu des imposants totems en les contemplant avec émerveillement. Il me semblait toujours étrange, troublant, que des figures aussi primitives, à peine plus que des morceaux de bois brut aux traits humains rudimentaires, aux yeux vides, paraissent plus vivants que moi.

Consciencieusement j'allais chercher le courrier et le triais. Je déneigeais l'allée. J'arrosais les plantes, nourrissais le perroquet et nettoyais derrière lui. Si le téléphone sonnait quand j'étais là, je répondais, en me présentant comme la stagiaire de Dorcas, Gillian ; je notais les messages avec soin. Il y avait des galeries de Tucson, Seattle, Palm Springs, Toronto, où Dorcas exposait ses totems ; elle vendait de façon sporadique mais continue. Je savais, à des remarques que j'avais surprises entre Andre et elle, qu'elle méprisait New York ; peut-être en raison d'une mauvaise expérience.

J'avais également cru comprendre qu'Andre Harrow avait un jour écrit de la poésie.

Il avait aussi composé de la musique. Au milieu des années 60. De l'histoire ancienne, comme il disait. « Tout est parti en fumée. »

La grande cuisine malpropre était le territoire de Xipe Totec. Lorsque j'entrais, le perroquet vert criait avec fureur : « Al-*lô* ! Al-*lô* ! Al-*lô* ! »

Dans ma naïveté, j'avais cru que Xipe Totec deviendrait mon ami. Il se sentait seul depuis que sa maîtresse et son maître étaient partis. De fureur et de frustration, il se frappait la poitrine à coups de bec, s'arrachait des plumes et se faisait saigner, mais il préférait sa solitude à ma compagnie. Bien que je le nourrisse, change régulièrement son eau, nettoie derrière lui. Bien que je lui parle et aille même jusqu'à lui chanter des chansons. Son œil fou me regardait avec malveillance et ses griffes écailleuses se crispaient, mais il ne faisait pas mine de m'attaquer. Les perroquets sont des oiseaux d'une extrême intelligence : celui-là avait peut-être mesuré notre différence de taille et estimé que, si je l'empoignais pour me défendre, je risquais d'avoir le dessus.

Dorcas disait que Xipe Totec était un oiseau vieillissant, et que cela expliquait sa méchanceté. Il avait un jour été jeune, plein d'énergie, délicieux. Il s'était perché sur son épaule, lui avait bécoté l'oreille en roucoulant. Il l'avait appelée *chérie* *, et il avait été son *chéri* *.

Je plaquai les mains sur mes oreilles lorsque j'entrais dans la cuisine, où Xipe Totec m'attendait, tremblant dans sa cage. « Al-*lô* ! Al-*lô* ! » criait-il à tue-tête, comme pour conjurer un esprit malfaisant.

On ne m'avait pas vraiment interdit de monter au premier étage. Il n'était pas dans l'habitude de Dorcas et d'Andre Harrow d'« interdire ». Et, bien entendu, je m'y aventurai au bout de quelques jours. En me disant qu'ils me manquaient. Que je voulais être plus près d'eux.

De jour, la chambre à coucher était presque une pièce ordinaire. Le papier peint était taché près du plafond et commençait à se décoller. Les meubles étaient beaucoup trop nombreux pour l'espace. Mais ils étaient somptueux : le lit à colonnes était recouvert d'un patchwork mexicain richement brodé ; il y avait des tentures, des fauteuils cossus. Une commode surmontée d'un immense miroir. J'ouvris les tiroirs pour examiner le linge qui s'y trouvait, les dessous soyeux, satinés, de Dorcas, les sous-vêtements de coton blanc plus pragmatiques d'Andre. J'ouvris la porte d'un placard mural plein de courants d'air, et humai un mélange d'odeurs de renfermé, de parfum et de tabac.

Ils avaient su que je monterais dans cette chambre, me disais-je. Ils l'avaient voulu.

Elle ne respire pas...

Mais si !

À côté de la chambre à coucher se trouvait le cabinet de travail d'Andre. Il y avait un bureau, un meuble classeur, des étagères qui ployaient sous le poids des livres, presque tous de poche. Un des murs était orné d'un poster des Grateful Dead datant des psychédéliques années 60. Comme cela me paraissait loin, bien je fusse née à l'époque. Il y avait un sculpture de Dorcas, haute de trente centimètres, sur un rebord de fenêtre : l'homme musclé au pénis à demi dressé. Il avait la tête petite par rapport au corps, le visage brutal et presque inexpressif.

Je suis mon pénis, je suis purement animal. Je perdure.

Je m'assis au bureau d'Andre, dans son fauteuil pivotant. J'écrivis très vite, dans mon journal intime, des pensées éparses que je jetterais ensuite. Je contemplai les étagères, ces livres si nombreux qu'ils m'oppressaient. Quels secrets contenaient-ils ? Les comprendrais-je jamais ? *Les Poèmes de D. H. Lawrence. Le Serpent à plumes. Apocalypse. L'Amant de lady Chatterley. La Verge d'Aaron. Kangourou. L'Amazone fugitive. L'Homme qui était mort. La Fille perdue.*

Le classeur, muni de trois tiroirs profonds, était fermé. Mais je finis par trouver la clé, scotchée sous le plateau du bureau.

Ces tiroirs contenaient des documents financiers, des polices d'assurances, des chemises de poèmes sur des doubles au carbone décolorés. Un mince recueil mal imprimé : *Poèmes d'Icare,* par Andre Harrow, City Lights Press, 1967. (Les poèmes semblaient avoir été influencés par E. E. Cummings et Allen Ginsberg. Leur lecture me perturba, et je m'arrêtai.) Et il y avait aussi de volumineuses chemises fermées par des élastiques : des photographies, des croquis de Dorcas et des revues.

Je les sortis du tiroir. J'avais l'impression que l'on m'avait assené un coup terrible entre les omoplates.

Dans la première chemise, sur le dessus, se trouvait une dizaine de Polaroïds montrant une fille à l'air hébété, débraillée, décoiffée, qui me ressemblait.

Sur ces photos et ces croquis rapides, la fille était habillée, à demi habillée, puis finalement nue. Au début, elle était étendue sur le canapé du salon, un siège luxueux aux épais coussins de velours cramoisi ; ensuite, on la faisait poser par terre, yeux vitreux, sourire idiot aux lèvres, petits seins pendants obscènement maigres, comme des bananes. Elle était couverte de transpiration, et sa bouche meurtrie luisait de salive. De sperme ?

La plupart du temps, la fille était seule, comme un spécimen anatomique. Mais, sur quelques photos, un homme et une femme apparaissaient, séparément : un homme nu, vu uniquement de dos, penché sur la fille qui gisait, nue, bras en croix et jambes écartées en tavers d'un lit ; une femme corpulente, bien en chair, vue elle aussi de dos, habillée, avec une luxuriante chevelure rousse qui tombait en cascade sur les épaules.

Que faisaient-ils à cette fille idiote, à demi consciente... ?

Voilà des preuves. Chérie* *est aimée* !

Dans d'autres chemises, des dizaines, peut-être des centaines, de photos et de croquis de filles. Qui devaient s'étendre sur une bonne dizaine d'années. Et des revues porno aux titres tels que *Classé X, Sexe, Confidentiel, Réservé aux adultes.* Plusieurs de ces revues étaient ouvertes aux pages où des photographies avaient été reproduites. Dans les magazines à sensation, le visage des filles était coupé ou masqué par un rectangle noir. Les adultes étaient anonymes, vus uniquement de dos.

Mes mains tremblaient en les feuilletant. Ma photo finirait-elle dans une revue porno ; était-ce leur intention depuis le début... ?

Que tu es belle, chérie* ! *Regarde notre* chérie*.

Je contemplai des scènes sexuelles sans équivoque. Caricaturales, laides. Certaines étaient préparées, et les filles lorgnaient l'objectif d'un air aviné ; d'autres étaient floues, photographiées impromptu. Les filles étaient jeunes, jolies et hébétées. Elles étaient parfois couchées, à demi conscientes, les membres disposés de façon révélatrice, comme des cadavres avant la dissection. Je tombai tout à coup sur une fille que je crus reconnaître : elle était en quatrième année lorsque j'étais arrivée à Catamount. Une flamboyante étudiante en art dramatique, qui passait pour coureuse et toxicomane. Elle était nue, à genoux devant un homme au corps trapu, à la poitrine couverte d'une épaisse toison noire, qui n'était manifestement pas Andre Harrow ; elle avait la bouche ouverte, arrondie en un sourire idiot. Les Polaroïds suivants montraient un acte sexuel que je ne pus me résoudre à regarder, et qui était reproduit sur une double page du numéro d'octobre 1973 de *Classé X*. Et là... était-ce Penelope ? Penelope ! Ou une fille au visage rond enfantin qui ressemblait beaucoup à Penelope... assise sur le canapé du salon, nue jusqu'à la taille, les mains en coupe sous les seins avec l'air de les offrir solennellement au spectateur. Dans un croquis annexe, la fille était vautrée sur le dos et minaudait comme une poupée lubrique.

J'eus envie de déchirer en morceaux ces preuves de l'avilissement de mon amie. Pour une raison quelconque, j'en fus cependant incapable, tout comme j'avais été incapable de détruire les preuves du mien.

Au milieu d'inconnues, je trouvai la boudeuse Dominique : superbe dans sa nudité, voluptueuse dans une pose d'odalisque, un genou relevé, les paupières closes comme si elle n'avait pas conscience de la présence de l'appareil ou y était indifférente. Sur d'autres photos, Dominique – ou cette Noire à la peau claire et veloutée qui lui ressemblait tant – était rejointe par un homme et par une femme, vus exclusivement de dos. Et il y avait Marisa : impossible de ne pas reconnaître Marisa, dans cette même pose d'odalisque, sur le même fond cramoisi, celui du canapé du salon ; son joli visage délicat paraissait aussi fragile que celui d'une poupée, comme s'il pouvait aisément se briser. Il y avait plus de vingt photos et croquis de Marisa, faits à des moments différents. Sur la photo la plus dérangeante, un homme au dos boutonneux et à la taille fripée se penchait sur elle en lui écartant les jambes, doigts enfoncés dans la chair ferme de ses cuisses. Le visage de Marisa était montré avec une netteté pénible, mais l'homme était anonyme, protégé. Dans une autre série de photos, apparemment prises un autre jour, Marisa et Sybil, enlacées par la taille, posaient devant l'un des totems féminins de Dorcas ; sur certains des clichés, elles portaient des costumes en mousseline indienne, moulants, vaporeux, qui laissaient voir l'ombre de leur sexe et de leurs seins ; sur d'autres, elles étaient nues. Elles gambadaient, faisaient les clowns devant l'appareil, comme des enfants démentes.

Sur la photo la plus laide, qui était aussi un croquis au pastel, Sybil était nue, à genoux, et un homme, une silhouette floue au premier plan, la tirait par une ceinture de cuir passée autour de son cou.

L'expression de Sybil était extatique.

Voyez comme je me soumets. Voyez comme je vous adore.

Les photographies les plus anciennes montraient des inconnues. Et les photographies des revues porno. Des filles que je ne reconnaissais pas. Certaines avaient l'air d'être de la région, des filles et des femmes aux visages très maquillés et aux cheveux crêpés. Sur l'une de ces photos, une fille qui ne semblait pas avoir plus de treize ans était à quatre pattes, et deux filets de sang presque symétriques coulaient de son petit nez retroussé ; elle portait un jupon noir en dentelle et de ridicules chaussures à talons. Sur une autre, cette même fille était assise dans un fauteuil en rotin à dos droit – un fauteuil que j'avais vu dans la cuisine, dans lequel je m'étais même assise – et elle souriait d'un air rêveur à l'appareil, tandis que, debout derrière elle, une femme corpulente dont on ne voyait pas la tête soulevait deux épaisses mèches de sa longue chevelure châtain clair, comme elle l'aurait fait d'un trophée. Il y avait aussi des hommes ; des hommes jeunes surtout, vus partiellement ou de dos. Quelques-uns étaient des adolescents. Je crus reconnaître l'un d'eux : l'homme qui avait interpellé Dorcas devant le bureau de poste...

Je me dis : *Ils voulaient que je trouve ça. Ils en sont fiers.*

Je me demandais s'ils avaient supposé que j'en serais fière, moi aussi.

Un grondement sourd m'emplissait les oreilles. J'étais comme engourdie. Je me sentais nauséeuse, écœurée. Mais je ne fis rien, sinon remettre photos, croquis et revues dans le classeur comme s'ils n'avaient jamais été dérangés.

Je replaçai la clé, scotchée, sous le plateau du bureau. Je descendis. Je me sentais toujours engourdie, irréelle. Si un plan prenait forme dans mon esprit, comme un rêve commence à se former, de jour, nourri des résidus du jour, pour prendre de nuit tout son éclat, je n'en avais pas conscience. Je fus tirée de ma transe par des cris maniaques : « Al-*lô* ! Al-*lô* ! » D'instinct je m'accroupis et me protégeai le visage, à l'instant où les ailes battantes fendaient l'air au-dessus de ma tête.

Deux jours plus tard, ce fut le 24 décembre. Je téléphonai à ma mère pour éviter qu'elle tente de m'appeler.

21. Le nouvel an

Janvier 1976

Elles avaient été droguées. Comme moi.
Elles avaient été amoureuses. Comme moi.
Elles garderaient toujours leurs secrets. Comme moi.
Nous sommes des bêtes et c'est notre consolation.

« Mon Dieu, Gillian ! Que t'est-il arrivé ? »

C'était le nouvel an, et le début d'un nouveau semestre à Catamount College.

Je m'inscrivis à de nouveaux cours. J'avais été admise à continuer le petit atelier de poésie prestigieux de M. Harrow.

J'avais manqué l'examen final de deux de mes cours du premier semestre : biologie et histoire de l'Europe. Dans un troisième cours, littérature de la Renaissance, j'avais obtenu un B- inattendu, alors que j'avais été absente par intermittence pendant des semaines et que, quelques heures après l'examen final, il ne me restait plus le moindre souvenir de ce que j'avais écrit. Le doyen des étudiants croyait que Gillian Brauer avait été victime d'une grippe carabinée – « cette méchante grippe asiatique qui circule cet hiver ». C'était plausible, et peut-être était-ce vrai. J'avais presque constamment une vague nausée, qui montait en moi comme une fièvre. Un jour, dans la salle de bains, Cassie tira soudain sur ma chemise de nuit en flanelle, les yeux fixés sur ma taille. « Tu as terriblement maigri, Gillian ! »

Je m'écartai avec brusquerie. Je n'avais rien à dire à Cassandra, la concierge de Heath Cottage.

Elles sont jalouses. Elles me haïssent. Que savent-elles, elles ne savent rien.

Dorcas et Andre étaient rentrés d'Europe, je le savais. J'avais laissé la maison nettoyée, le courrier trié en piles bien nettes sur la table de la cuisine, un relevé consciencieux des messages téléphoniques. J'avais fait près de deux kilomètres à pied pour aller acheter au Safeway du village les aliments que Dorcas et Andre préféraient pour leur petit-déjeuner ; je savais qu'ils arriveraient tard à Catamount. J'avais récuré de mon mieux la cage en bambou de Xipe Totec, sans me laisser rebuter par ses criaillements indignés et les feintes attaques qu'il portait contre mes mains. Conformément aux instructions de Dorcas, j'avais laissé la clé de la maison sous le paillasson.

Et j'avais déneigé l'allée.

J'attendais un appel, mais rien ne venait. Il n'y avait pas de message dans ma boîte aux lettres. J'avais répété jusqu'à l'obsession la façon dont je parlerais à Dorcas et Andre, sans rien révéler de ce que je savais, mais, à mesure que les jours passaient, j'en venais à douter si je savais quoi que ce fût d'important, ou si j'avais imaginé, rêvé… ce que j'avais étalé sur le bureau du cabinet de M. Harrow.

J'attendais avec anxiété. Je m'absentais le plus possible de la résidence afin d'avoir une chance, quand je rentrais, de trouver un message miraculeux dans ma boîte aux lettres. Autrement, si j'étais dans ma chambre, obligée d'écouter le téléphone sonner sans cesse, toujours pour d'autres, c'était insupportable.

J'errais le long de Catamount Creek, qui était maintenant entièrement gelée. Cet éclat arctique des monts Berkshire, couverts d'une neige dure comme de la glace. La neige était bien trop profonde, et sa croûte trop coupante, pour m'inciter à gagner à travers bois le derrière de la maison de Brierly Lane. D'ailleurs, j'étais sans doute trop faible ; j'aurais trébuché et serais tombée. Monter l'escalier jusqu'à ma chambre m'essoufflait.

J'avais vu Andre Harrow traverser le campus en compagnie de Michelle, et d'une fille aux joues tachées de son qui avait un rire gai et sonore. Michelle et cette fille, Diane Kantrell, étaient toutes deux étudiantes en art dramatique, et très estimées.

Jamais je n'avais envisagé cette possibilité : que Dorcas et Andre ne se manifestent pas du tout. J'étais malade d'inquiétude : savaient-ils ? Que j'avais désobéi et étais montée au premier ? Que j'avais ouvert le classeur et vu... les preuves ? Comme un nœud impossible à défaire, que nous nous acharnons à pincer, piquer, griffer de nos ongles jusqu'à les briser, cette possibilité me hantait.

Pire encore : peut-être n'avaient-ils qu'indifférence pour moi, la stagiaire de Dorcas, la gardienne dévouée de leur maison, et étaient-ils trop occupés après leur voyage en Europe pour me faire signe ? Ils comptaient me téléphoner, et même m'inviter chez eux, un de ces jours, mais rien ne pressait.

Je te revaudrai ça, chérie*, *je te le promets.*

Enfin, avant le premier atelier de poésie du semestre, alors que je m'attardais près de la porte de son bureau, Andre Harrow me parla dans le couloir et m'assura, avec un sourire cordial, que Dorcas et lui avaient beaucoup apprécié que je m'occupe de la maison, et qu'ils m'appelleraient bientôt. « Dorcas promet de faire un de ses cassoulets. Xipe Totec se languit de toi, lui aussi, et te dit "Al-*lô*". » Nous rîmes donc tous les deux avec décontraction.

L'atelier se déroula dans la même petite salle de TP, où flotta très vite une fumée épaisse. Il y avait quatre nouvelles étudiantes, dont trois fumaient. Ce fut un cours intense et assez théorique, où Andre Harrow fut quasiment le seul à parler. Il s'était fait tailler la barbe et avait un air élégant et plein de santé. Au lobe de son oreille gauche brillait une petite émeraude, ce qui était une nouveauté et qui fut admiré par tout l'atelier. M. Harrow s'enquit avec cordialité de nos vacances d'hiver. De la façon dont nous avions célébré Noël, Hanouka. « Ce sont des rites saisonniers, célestes, enracinés dans nos gènes. Dans nos âmes animales, ataviques. Il nous faut célébrer le solstice d'hiver et presque n'importe quoi, n'importe quelle religion mystérieuse et sacrificielle, fait l'affaire. » Nous écoutions avec fascination, penchées en avant. Surtout les nouvelles, grisées par le privilège d'être aussi près d'Andre Harrow.

Avant l'atelier suivant, je me coupai les cheveux.

Je les coupai sans pitié, sauvagement, avec extase.

Mais pas n'importe comment : je taillai au plus près de la tête pour laisser intact le gros de ma chevelure. Elle chatoya, étincelante, magnifique, sur le journal que j'avais étalé sur le sol de la salle de bains. Avec soin, je la divisai en deux épaisses mèches que je tressai et, le lendemain, je me rendis dans le bureau de M. Harrow pour lui offrir ces tresses que j'avais enveloppées dans un papier scintillant comme un cadeau. M. Harrow regarda fixement les tresses, puis moi, ma petite tête tondue, et la stupeur se peignit sur son visage. *Je t'ai étonné, hein ? Je ne suis pas une petite idiote si prévisible que ça, finalement.*

Je n'avais jamais vu Andre Harrow aussi abasourdi, aussi déconcerté. Il en bégayait presque. « Gillian, que... que diable as-tu fait ? Tes beaux cheveux...

— Dorcas disait qu'ils lui plaisaient, répondis-je avec fierté. Elle a toujours dit que c'était ce que j'avais de mieux.

— Mais Dorcas doit-elle toujours obtenir ce qu'elle désire ? »

Je ris parce ce que c'était dit par plaisanterie.

M. Harrow ajouta, très vite : « Personne ne t'a demandé de faire ça, Gillian. N'est-ce pas ?

— Personne. »

M. Harrow souleva une des tresses, qu'il caressa comme quelque chose de vivant. Il la pressa contre sa joue, respira son parfum, d'une façon qui me fit défaillir de désir. Puis il la remit dans son emballage. « Dorcas va vouloir te voir, j'en suis sûr, dit-il. Elle t'appellera ce soir. »

Nous parlions à voix basse. Pour le cas où une autre fille attendrait dans le couloir, l'oreille à l'écoute.

(Dorcas et Andre s'étaient-ils aperçus que j'avais ouvert le classeur ? Cela n'en avait pas l'air à ce moment-là. Et je n'aurais jamais l'occasion de le savoir.)

22. L'incendie

19 janvier 1976

Et donc, en effet, Dorcas m'appela. Et donc je retournai dans la maison au fond du cul-de-sac de Brierly Lane.

La vieille ferme de Nouvelle-Angleterre presque cachée par les genévriers, les bouleaux. Où des conifères ployaient sous la neige avec cet air de stoïcisme hivernal. Cette volonté indomptable qui est la volonté de toute vie de survivre.

Dorcas m'accueillit avec exubérance. Je lus dans ses yeux que je l'avais surprise et qu'elle avait aimé la surprise. Ma tête tondue – « Qu'as-tu fait, *ma petite* * ? » –, elle la prit entre ses mains puissantes pour l'examiner, l'air songeur. « Tu es trop cruelle avec toi-même, *chérie* *. Maintenant tu ressembles à, euh, comment dites-vous… *une martyre… comme Jeanne d'Arc* *. » Elle m'étreignit, me couvrit de baisers mouillés et ébouriffa ce qui restait de mes cheveux comme on pourrait caresser la tête d'un chien bien-aimé mais stupide.

Andre m'accueillit avec vigueur, lui aussi. Il avait bu, comme Dorcas ; il avait le teint bien coloré ; ses yeux pénétrants avaient l'expression que je leur avais vue l'après-midi précédent, dans son bureau. *Personne ne t'a demandé de faire ça. Ne l'oublie pas.*

Dorcas me conduisit aussitôt dans son atelier pour me montrer l'usage qu'elle avait fait de mon sacrifice.

Les tresses de la *petite poupée* * étaient bien en vue sur l'un des totems d'adolescentes. Pas la maigrichonne, mais la voluptueuse, aux seins, hanches et cuisses galbés, à la pose avantageuse. Habilement, Dorcas avait adapté les tresses à la tête de la sculpture, qui était légèrement inclinée en arrière, comme si l'adolescente levait ses yeux vides vers le ciel. Grisée par sa jeune sexualité naissante. L'illusion de son pouvoir de jeune femme. On croit que, dans son beau corps tout neuf, on pourra vivre éternellement.

On croit que, dans son beau corps tout neuf, on sera traité avec amour.

« *Belle* *, hein ? Elle n'a pas de cervelle – elle est *bête* * – mais *belle* *, hein ? »

Je ris. Les tresses étaient si convaincantes sur le totem. Elles faisaient si complètement *partie du totem* et plus du tout de moi.

Je ris, en m'essuyant les yeux. Il y eut un moment embarrassant où la *petite poupée* * aurait pu s'effondrer et se mettre à pleurer, aurait pu devenir hystérique, une vilaine scène, si, par exemple, elle avait le visage ravagé de larmes, le nez coulant, qui voudrait l'embrasser ? Qui voudrait l'enlacer, la déshabiller, caresser et user de son corps docile ?

Heureusement, ce moment passa.

Malheureusement, les tresses, comme le totem, seraient perdues.

*

Le souvenir que je garde des heures suivantes est confus. Des quarante-huit heures suivantes, en fait.

Dorcas insista pour préparer un de ses copieux cassoulets. Nous étions hilares dans la cuisine. Dorcas, Andre et Gillian. Xipe Totec battait des ailes en poussant des cris furieux, comme s'il ne m'avait jamais vue, comme si je ne m'étais pas occupée de lui pendant quinze jours. « Il est jaloux de toi, *chérie* * ! Il a l'impression, à te voir comme ça, que tu es quelqu'un qu'il ne connaît pas, *une méchante étrangère* *. Quel imbécile d'oiseau ! »

C'était vrai. Le perroquet ne me reconnaissait apparemment plus. Dépouillé de presque tous ses cheveux, mon crâne faisait petit, fragile comme une coquille d'œuf. Mes yeux me semblaient vulnérables, je reculais devant le bec étincelant de Xipe Totec. Andre injuria le perroquet et alla enfiler des gants pour l'attraper et le rentrer dans sa cage. Une fois la petite porte fermée, Dorcas fit glisser la housse sombre sur la cage. Comme par miracle, les criaillements de Xipe Totec cessèrent. Dans cette obscurité soudaine, il s'endormirait en quelques minutes.

« *Voilà, chérie* * ! Tu es en sécurité avec nous, maintenant. »

Le temps que nous nous mettions à table, je défaillais de faim. Le cassoulet était préparé avec des saucisses et du canard sauvage et je n'avais jamais rien goûté d'aussi délicieux mais, au bout de quelques bouchées, ma gorge se noua, je ne pus plus rien avaler. Sans faire attention à moi, Dorcas et Andre mangeaient avec voracité. Et buvaient avec voracité. Le visage charnu de Dorcas, bouche cramoisie barbouillée, brillait sous l'effort. Elle était plus massive que dans mon souvenir. Andre Harrow avait grossi pendant les vacances, lui aussi. Sous ses yeux, la peau était bouffie. La minuscule tache de sang de son œil gauche scintillait à la manière d'une petite pierre précieuse. Ses mâchoires et celles de Dorcas broyaient comme des mâchoires de géants. J'aimais les regarder à travers mes doigts. En me voyant, Andre rit et remplit à nouveau mon verre. J'avais la tête aussi vide qu'une coquille d'œuf, le mal de crâne sourd dont je souffrais depuis des jours avait disparu. Lorsque je voulus lever mon verre, ma main trembla si fort qu'Andre dut me la tenir. Après que j'eus bu, il embrassa mes lèvres. Il dit que nous fêtions Noël et le nouvel an ensemble. « Nous avons dû les fêter sans toi, et tu nous as manqué.

— Terriblement manqué, *chérie** ! s'écria Dorcas d'une voix avinée. Et maintenant tu as tondu tes beaux cheveux comme un mouton. »

C'est alors que je fis quelque chose d'étrange. Je posai la tête sur la table à côté de mon assiette. Je pressai mon front contre le bois massif. Je riais doucement, je ne pleurais pas. Je murmurai : « C'est juste que je vous aime tant. Je vous aime tous les deux. Je regrette d'avoir été méchante. Je ne peux pas vivre sans vous. Je ne veux pas vivre sans vous... »

Andre dit, en allumant un cigare : « Et nous ne voulons pas non plus vivre sans toi, *chérie**. »

Il était tard. L'heure dangereuse. Un téléphone sonna et, poussant un juron, Andre alla répondre en titubant. Dorcas lui cria quelque chose. Il y avait de la querelle dans l'air comme cette odeur de roussi dans le lourd plat de cassoulet qu'il incomberait à Gillian de récurer et de nettoyer au matin, s'il y avait un matin. Je me mis à pleurer de bonheur. Ils me firent marcher entre eux et au-dessus de ma tête courbée la querelle continua. Dans l'escalier, mes genoux se dérobèrent, si bien qu'ils me portèrent. J'avais les pieds nus. J'étais inerte, sans plus de résistance qu'une poupée de chiffon. C'est alors que je fus malade, prise soudain de hoquets et de vomissement, ce qui dégoûta Dorcas. « Beurk ! Obscène ! » Le liquide brûlant et malodorant échappé de ma bouche avait éclaboussé le devant de sa tunique brodée et ses jolis petits pieds dans leurs mules dorées. Dorcas m'aurait laissée tomber par terre mais Andre m'attrapa par les aisselles en riant. Plus tard, Dorcas me gifla et me jeta hors de la chambre. Je rampai à quatre pattes. Je n'étais pas certaine de l'endroit où je me trouvais : au sommet de l'escalier ? Le couloir était obscur, balayé de courants d'air. Je les entendais s'injurier. Je compris alors : *Il me désire, il m'aime, mais elle l'éloignera de moi.* Je les entendais lutter et grogner sur le grand lit grinçant. Leurs mâchoires géantes avaient broyé la nourriture et maintenant leurs corps allaient se broyer l'un l'autre. J'essayai de me boucher les oreilles de mes mains mais j'étais trop faible. Un long filet de vomissure coulait de mon menton. Un sourd gémissement de femme se fit entendre. Un lent martèlement rythmé qui s'accélérait, puis ralentissait ; s'accélérait, ralentissait. Un son plaintif allant s'amplifiant.

Ils veulent que j'entende, je suis leur témoin.

En m'asseyant et en me laissant glisser d'une marche à l'autre, je descendis l'escalier. J'avais la tête pleine de grésillements. La vue trouble. Mais je trouvai le reste de mes vêtements, mon jean et mon slip, là où l'on me les avait ôtés. J'eus du mal à m'habiller, tant mes mains tremblaient. Des larmes ruisselaient sur mon visage brûlant, cuisant. Puis j'eus une peur panique de ne pas retrouver mes bottes mais finis par les découvrir, jetées dans le vestibule de derrière. Il me fallut un moment pour les mettre : je dus m'asseoir afin d'enfoncer avec effort mes pieds dans chaque botte et, lorsque je me rendis compte que j'avais enfoncé le pied gauche dans la botte droite et inversement, je me mis à rire. Je m'aperçus que j'avais les doigts poissés de vin et de vomi. J'allai jusqu'à l'évier, encombré d'assiettes sales, pour me laver les mains et asperger d'eau froide mon visage enfiévré. Sous sa housse de toile sombre, Xipe Totec dormait paisiblement.

De même qu'au-dessus de moi les géants de la maison dormiraient d'un sommeil torpide et sans rêve, rassasiés de sexe.

Je remis la main sur ma veste et ma longue écharpe de laine. Il faisait très froid dehors : il faudrait que je marche jusqu'au campus dans mon état d'hébétude et de faiblesse, et sans mes cheveux. Mes amies me regarderaient avec effarement ; je les fuirais aussitôt. Je savais que, si nos regards se rencontraient, elles sauraient, et elles n'avaient pas à savoir. Mes pensées confuses ressemblaient à des grésillements qui s'amplifiaient, puis diminuaient, puis s'amplifiaient à nouveau, assourdissants. Malgré tout, je réussirais à marcher dans la nuit glaciale jusqu'à Heath Cottage et jusqu'à ma chambre. Je ne me risquerais pas à prendre le raccourci à travers les bois, je suivrais Brierly Lane, qui était déblayée, bordée de hauts tas de neige. Je parviendrais jusqu'à College Road, et jusqu'aux grilles de fer forgé de Catamount College, fantomatiques dans l'obscurité comme les grilles d'un conte de fées illustré pour enfants. *J'y arriverai. J'y arriverai !* Tout cela, je le ferais, épuisée et brisée. Je serais dans ma chambre à 3 heures du matin.

Sauf que. J'étais toujours dans la cuisine, les yeux larmoyants. Cette odeur ! Dorcas serait furieuse que sa stagiaire se soit esquivée en laissant la maison dans cet état de dévastation. L'odeur de cassoulet brûlé était puissante, écœurante. Dans un cendrier plein à déborder, sur la table de la cuisine, un des cigarillos d'Andre fumait. Je le pris avec l'intention de l'éteindre mais l'emportai finalement dans le salon voisin. Là, je le posai sur le canapé, sur l'un des luxueux coussins cramoisis tachés. Le cigarillo avait été fumé au tiers. Un petit halo de cendre tomba, révélant un rougeoiement de pierre précieuse. L'autre extrémité du cigarillo était humide et mâchonnée. Comme une enfant pourrait le faire, guidée avant tout par la curiosité, je fis rouler le cigarillo sur le coussin. Il s'arrêta contre le dossier et s'enfonça un peu, disparaissant presque à la vue. Continuait-il à se consumer ou s'était-il éteint ? Je me dis qu'il avait dû s'éteindre. Mais je sentais son odeur âcre. Derrière le canapé, il y avait un vase en terre garni de grands roseaux séchés, couleur sable, superbes. Et inflammables.

Contre un mur du salon étaient appuyées plusieurs des toiles sans cadre de Dorcas. Ses œuvres abstraites d'inspiration aztèque, aux couleurs tapageuses. Je les transportai jusqu'au canapé, contre lequel je les appuyai. Je ne le faisais pas en pensant : *Cela aussi, c'est inflammable*. Je ne pensais pas du tout. J'agissais d'instinct.

23. L'alerte

20 janvier 1976

Dans la nuit, le hurlement des sirènes.

Dans la nuit, la terrible beauté du feu.

Un avertisseur d'incendie fut déclenché dans Heath Cottage à 3 h 50 du matin. Un bruit assourdissant, à figer le cœur. J'entendis des cris, j'entendis quelqu'un courir dans le couloir en cognant à nos portes – « Au feu ! ». En l'espace de quelques secondes nous quittâmes nos lit et nous précipitâmes dans le couloir brillamment éclairé, puis dans l'escalier, pour gagner l'issue la plus proche, qui était la porte d'entrée de la résidence. Nous sentions une vague odeur de fumée. Nous n'avions aucune idée de l'endroit où le feu s'était déclaré.

Je me dis : *Cela ne peut pas être en train d'arriver.*

J'étais désorientée, l'alarme ne m'avait pas tirée du sommeil mais j'avais les idées confuses.

Je ne m'étais pas entièrement dévêtue. Je ne m'étais pas attendue à dormir, cette nuit-là. Je relatais dans mon journal l'après-midi où j'avais suivi Dorcas jusqu'au village... ou j'essayais de le faire. Le stylo ne cessait de m'échapper des doigts. Mes yeux ne cessaient de se fermer. À présent, j'étais groggy, et aussi terrifiée que les autres résidentes de Heath Cottage. Cela me fit un choc de me retrouver dehors et de sentir la nudité de ma tête rase, de ma nuque découverte.

Mes cheveux ? Qu'était-il arrivé à mes cheveux ?

On nous éloigna de la résidence. Nous nous rassemblâmes sur la route. En nous retournant pour regarder Heath Cottage, nous ne vîmes pas de flammes. C'était évident, à présent : l'incendie était ailleurs, à environ un kilomètre de là. Il s'était déclaré à l'extérieur de l'université, cette fois.

Une des maisons d'enseignants de Brierly Lane.

Au-dessus de la maison en flammes dans le cul-de-sac de Brierly Lane le ciel nocturne rougeoyait et palpitait. Nous regardions, fascinées. Nous entendîmes un autre véhicule de pompiers approcher, sirène hurlante. Nous nous serrions les unes contre les autres dans nos vestes et nos manteaux enfilés à la hâte sur nos vêtements de nuit, nos pieds nus fourrés dans des bottes. La plupart d'entre nous étaient nu-tête. Le vent fouettait nos visages. Nous avions l'odeur de la fumée dans les narines, le goût de la suie dans la bouche. L'adrénaline courait dans nos jeunes corps comme un feu liquide.

La panique nous rendait joyeuses, niaises. Dominique s'écria : « Jilly ! Mais regarde-toi, ma fille ! » Elle fondit sur moi, m'empoigna et lécha mes larmes de givre de sa douce langue chaude.

Je ris, prise au dépourvu.

Je me détournai pour ne pas voir son visage.

On y lisait la peur, et l'euphorie.

C'est leur maison hein ? Qui brûle.

Il y avait Penelope, il y avait Cassie, il y avait Dominique, il y avait Gillian. Se tenant étroitement par la main. Les vigiles nous criaient de bien vouloir regagner la résidence. « Vous ne courez aucun danger. Je répète : aucun danger. Heath Cottage n'est pas en feu. L'incendie a éclaté hors du campus. L'incendie est maîtrisé. Je répète : veuillez regagner vos chambres. »

Quelqu'un, peut-être Cassie, me serra la main si fort que je grimaçai. Elle m'aida à monter l'escalier extérieur. Lorsque nous arrivâmes toutes ensemble au premier, elle m'aida encore. J'avais envie de me coucher dans l'escalier et de dormir, tant j'étais fatiguée, brusquement.

Nous fûmes de retour dans nos chambres à 4 h 10.

Il était faux que l'incendie du 99, Brierly Lane eût été « maîtrisé ». Il ferait encore rage pendant plus d'une heure. Les œuvres d'art du rez-de-chaussée s'embraseraient rapidement ; quasiment aucune des sculptures totémiques de Dorcas ne survivrait. La sculptrice elle-même mourrait dans le brasier, cernée par les flammes dans une chambre à coucher du premier avec son mari, Andre Harrow, qui serait retiré encore en vie de la maison en feu, mais mourrait peu après sans avoir repris connaissance, dans le service de réanimation de l'hôpital de Great Barrington.

Parce qu'il y avait eu quelques incendies criminels à Catamount College, on soupçonna un acte criminel. Mais les enquêteurs concluraient que l'incendie avait sans doute été provoqué par les braises d'une cigarette dans un canapé du rez-de-chaussée.

Autant de faits que je n'apprendrais que plus tard. Ce soir-là, après que Cassie m'eut aidée à regagner ma chambre, je rampai jusqu'à mon lit et dormis douze heures d'affilée.

24. Paris

11 février 2001

En marchant le long de la Seine, à peu près aveugle à ce qui m'entourait, je pensais à ces événements.

D'un geste inconscient, je touchai mes cheveux sous le chapeau cloche que je portais. Depuis l'âge de vingt ans, j'étais coiffée court, la nuque dégagée. Je détestais avoir des cheveux dans les yeux, et je détestais les sentir, collants comme des doigts dans mon cou, quand il faisait chaud.

Je souris. J'avais oublié la façon dont les tresses avaient brûlé dans cet incendie. Elles avaient dû flamber comme un feu de joie. Avant que le totem lui-même s'enflamme.

J'avais obtenu mon diplôme avec mention en 1977.

L'incendiaire qui avait sévi à Catamount College en 1974-1975 ne fut jamais identifié. On pensait généralement que la coupable était Marisa Spires. Mais quelques mois après l'incendie de Brierly Lane, deux garçons de la région, âgés de quinze ans, furent surpris en train d'allumer un feu derrière le lycée de Catamount, à cinq kilomètres du campus ; la méthode ressemblait à celle utilisée à l'université : des chiffons imbibés d'huile. Les deux garçons avouèrent les incendies du campus, puis se rétractèrent ; plus tard, ils plaidèrent coupable de certains incendies et furent condamnés à une courte peine d'emprisonnement dans un centre d'éducation surveillée de la région.

En novembre 1976, un feu allumé avec des chiffons huileux fit rage dans une maison du centre de Catamount, tuant une femme et deux jeunes enfants ; la police interrogea un certain nombre de suspects, dont le mari évincé de la victime, mais il n'y eut finalement aucune arrestation, faute de preuve. Après quoi, pour autant que je sache, les incendies criminels cessèrent définitivement à Catamount.

Le jour tombait vite. Le soleil ne s'était jamais montré, sinon sous la forme d'une brume pâle ; il s'engloutissait maintenant entièrement dans la nuit. Mais les lumières des quais s'allumèrent. Réverbères, phares. Un flot de lumières. Je regardai la tour Eiffel de l'autre côté du fleuve ; elle était habillée de lumières qui, toutes les heures, « entraient en incandescence ». Les touristes regardaient, fascinés, et prenaient des photos. C'était un spectacle de conte de fées qui vous donnait le sourire.

« Elle est *belle* *, hein ? »

Une femme me parlait, debout tout près de moi. Je me retournai, et c'était Dominique.

Nous étions à Paris pour huit jours, dans le petit hôtel de la rue Cassette où nous avions l'habitude de descendre. Dominique était chorégraphe de l'Alvin Ailey Dance Theater où elle avait commencé à danser à vingt ans ; j'étais doyenne d'une université, petite mais réputée, dans la banlieue de Philadelphie. Nous voyagions souvent ensemble, quoique nous vivions séparées.

Dominique me serra la main pour me tirer une réponse.

Je ris. « Oui, *très belle* *. »

Table

7746

Composition Chesteroc Ltd
Achevé d'imprimer en France (La Flèche)
par Brodard et Taupin
le 5 janvier 2006. 33513
Dépôt légal janvier 2006. ISBN 2-290-34188-6
1er dépôt légal dans la collection : septembre 2005

Éditions J'ai lu
87, quai Panhard-et-Levassor, 75013 Paris
Diffusion France et étranger : Flammarion